KB268547

베를린 엄마는
왜 바리깡을 들었을까?

베를린 엄마는 왜 바리깡을 들었을까?

낭만의 도시에서 담아낸 서툴지만 유쾌한 생존 기록

초 판 1쇄 2026년 03월 13일

지은이 박하
펴낸이 류종렬

펴낸곳 미다스북스
본부장 임종익
편집장 이다경, 김가영
디자인 임인영, 윤가희, 윤영빈
책임진행 김은진, 이예나, 안채원, 국소리, 송가희, 이지영

등록 2001년 3월 21일 제2001-000040호
주소 서울시 마포구 양화로 133 서교타워 711호, 808호
전화 02) 322-7802~3
팩스 02) 6007-1845
블로그 http://blog.naver.com/midasbooks
전자주소 midasbooks@hanmail.net
페이스북 https://www.facebook.com/midasbooks425
인스타그램 https://www.instagram.com/midasbooks

© 박하, 미다스북스 2026, *Printed in Korea*.

ISBN 979-11-7355-744-6 03810

값 **18,500원**

미다스북스는 다음세대에게 필요한 지혜와 교양을 생각합니다.

베를린 엄마는
왜 바리깡을 들었을까?
낭만의 도시에서 담아낸 ── ── 서툴지만 유쾌한 생존 기록
박하 지음
미다스북스

인생에서 가장 소심하고
확실한 반란

베를린의 겨울 공기는 예리한 칼날 같았다. 빡빡 민 머리 위로 내려앉은 한기는 정신이 번쩍 들 만큼 매서웠다. 방금 전까지 욕실 바닥을 어지럽히던 긴 머리카락 뭉치들은 이제 타인이 벗어놓은 허물처럼 생소했다. 거울 속에는 낯선 민머리 하나가 덩그러니 서 있었다. 베를린 힙스터를 꿈꿨으나, 마주한 건 추위에 떨고 있는 벌거숭이 이방인이었다.

사실 머리카락보다 먼저 무너진 것들이 있었다. 산더미 같은 서류 앞에서 개미처럼 작아지던 자존감, 예약 없이는 문조차 열어주지 않는 병원 문턱, 독일어 한마디를 못 알아들어 바보처럼 서 있던 숱한 시간들. 낭만의 도시 베를린은 이방인의 존재를 야금야금 갉아먹고 있었다. 현실의 벽은 높았고, 당장 그 벽을 넘을 힘은 없었다. 그래서 바리깡을 들었다. 벽 앞에서 먼저 부서지느니 머리카락이라도 밀어버리겠다는 소심한 선빵이었다.

기대했던 베를린은 여유로운 노천카페와 예술, 자유로운 공기가 가득했지만, 그런 건 관객석에 앉은 관광객에게나 허락된 풍경이었다. 무대 뒤로 끌려 들어온 베를린의 일상은 화려한 조명도, 친절한 자막도 없는 거친 다큐멘터리였다. 준비되지 않은 배역을 맡아 하루아침에 무능력자가 되고, 매일같이 쓸모를 증명해야 하는 고단한 시험장이 이어졌다. 삶은 동화처럼 '오래오래 행복하게 살았습니다'로 끝나주지 않았다. 그 뒤에 도사린 시시콜콜하고 지루한 일상을 견디기 위해 소심한 반란을 시작했을 뿐이다.

이렇다 할 계획은 없었다. 다만 하루 10분, 완전히 사라지지 않기 위한 시간을 붙들었을 뿐이다. 그 10분이 모여 이 기록이 되었다.

잘려 나간 건 머리카락이었지만, 그때부터 나는 다시 자라기 시작했다.

Episode 1

베를린,
우아한 환상이 깨지는 소리

고풍스러운 집과 갓 구운 쿠키 냄새로 포장된 우아한 환상
이 와장창 깨지는 소리.
화려한 도시의 그늘에 가려진 채 이방인에게 허락된 것은
춥고 외로운 계절뿐이었다. 독일어 한마디에 지워지는 존재
감을 확인하며 마주한, 보정 없는 현실의 민낯.

1,

경력 단절이 아니라,
밀도 높은 경력 이동

교사라는 이름표를 떼고
아이에게로 옮겨진 삶의 무게중심
교실에서 가정으로 현장이 달라졌을 뿐,
여전히 정직하게 성장하는 시간

교사라는 이름표를 떼다

아이들의 맑은 눈동자 속에 머무는 시간이 전부였던 시절이 있었다. 아이들과 교실에서 하루를 보내고 나면 몸은 고됐지만, 누군가에게 필요한 사람이라는 확신으로 마음은 꽉 차 있었다. 그 기분이 참 좋았다. 오늘도 잘 해냈다는 확신은 내일 다시 교실로 향하게 하는 원동력이 되었다.

결혼과 동시에 대학원에 입학했을 때도, 온전한 자신으로 남는 일이 그리 어렵지 않을 줄 알았다. 만삭의 몸으로 강의실을 지켰다. 방학에 맞춰 태어난 아이 덕분에 쉴 틈 없이 학교에 복귀했다. 갓난아이를 안고 등교하는 길이 우아할 리 없었다. 그래도 버틸 만했다. 이 고생 끝에 이름 석 자가 온전히 남으리라 믿었기 때문이다.

그렇다고 매번 아이와 동반 등교를 할 수는 없었다. 아이를 업고 가는 날이 육체노동이었다면, 떼어놓고 가는 날은 정신노동이었다. 학교에 가기 전 아이의 식사인 모유를 전투적으로 유축하고, 엄마표 동요 영상도 녹화해 남편에게 전송하는 일은 일상의 의례였다. 당시 남편 역시 학생이었기에 아이를 맡기는 일은 서로에게 엄청난 미션이었다. 오늘만. 오늘 수업만. 오늘 미팅만. 그렇게 작은 협상을 이어가며 하루를 분 단위로 잘게 쪼개 쥐고 버텼다. 그렇게 버텨 마지막 논문을 앞둔 날에도 예외는 없었다. 아이를 업고 교수님과 논문 미팅을 해야 했다. 등에 찰떡처럼 붙어 고요히 자리를 지켜준 아이는 고마우면서도 미안한 존재였다. 아이가 칭얼대지 않도록 어깨에는 더 단단히 힘이 들어갔고 목소리는 자꾸만 낮아졌다. "집중해야 한다"라는 말 대신 빳빳하게 세운 등줄기로 텔레파시를 보냈다.

돌이켜보면 대학원 졸업장은 혼자 힘으로 딴 것이 아니었다. 아이가 지분 50%는 요구해도 할 말 없는, 인생 첫 번째 협업의 결과물이었다. 그래서 그 종이 한 장은 유독 묵직했다.

하지만 한국에서 공들여 노력한 결과는 베를린이라는 깐

깐한 시장에 내놓자마자 '호환 불가' 판정을 받았다. 그 묵직했던 졸업장이 제구실하려면, 아너케눙(Anerkennung, 학력 인증 과정)이라는 길고 지루한 절차를 거쳐야 했다.

아이에게로 옮겨진 삶의 중심

인생의 한고비를 겨우 넘겼나 싶던 순간, 예고 없이 둘째가 찾아왔다. 첫째 때는 무식하면 용감하다는 배짱이라도 있었지만, 두 번째는 달랐다. 육아의 매운맛을 이미 알아 버린 자에게 경험은 용기가 아니라 공포 영화의 예고편에 가까웠다. 아는 맛이 무섭다더니, 다시 시작될 육아의 굴레 앞에 눈앞이 깜깜해졌다. 아이들의 성장을 지켜보는 일은 분명 축복이었지만, 한편으로는 설명할 수 없는 소외감을 동반했다. 아이들이 매일 새로운 걸음을 내디딜 때, 정작 보호자의 경력은 제자리걸음을 넘어 뒷걸음질 치고 있는 건 아닐까 하는 초조함이 스멀스멀 피어올랐다. 인생의 무게중심을 아이 곁으로 잠시 옮겨두었을 뿐이라고 스스로를 다독였지만, 그 선

택이 영혼의 유통기한을 조금씩 갉아먹고 있다는 사실까지
는 미처 계산에 넣지 못했다.

엄마의 하루는 늘 잘게 부서진 파편 같다. 밥을 하고, 빨래
를 개고, 울음에 초광속으로 반응하는 레이더만 살아 있다.
아이가 아프기라도 하는 날엔 개인의 컨디션 같은 사치스러
운 고민은 사절이다. 하고 싶은 일들은 '당장 처리해야 할 일'
이라는 두꺼운 벽에 가로막혀, 검토될 기회조차 얻지 못한
채 소리 없이 잊혔다. 그러다 잠들지 못하는 밤, 문득 날카로
운 질문이 심장을 찌른다. '지금 어디에 있을까.' '누구로 살고
있는 걸까.' 아이를 향한 무한한 사랑과 자신을 잃고 싶지 않
은 본능이 한 몸에서 격렬하게 충돌한다. 둘 다 진심이기에
이 갈등은 더욱 피 말리는 소모전이 된다. 아이를 향해 자애
로운 미소를 지으면서도 머릿속 계산기는 쉴 새 없이 돌아간
다. '이 기약 없는 시간을 벗어나면 어디로 갈 수 있을까. 다
시 제 자리를 찾을 수는 있을까.'

아이 곁에 있는 시간이 삶의 공백이 아니라, 새롭게 빚어
가는 시간이라고 끊임없이 되뇌었으나 가끔은 마음이 푹 꺼
졌다. 엄마의 역할이 풍선처럼 부풀어 오를수록 그 안의 개

인은 바람 빠진 풍선처럼 쪼그라들었다. 당시 절실히 원했던 건 대단한 성공이 아니었다. 이름이 완전히 지워지지 않았음을 증명할 아주 작고 사소한 증거 하나면 충분했다.

 Episode 1 베를린, 우아한 환상이 깨지는 소리

교실에서 가정으로 현장 이동

'경력 단절'이라는 네 글자는 꼬리표처럼 따라붙었다. 인생의 일시 정지 버튼을 잠시 누른 것뿐이라고 다독여보지만, 정체된 시간 속에서 누구의 엄마 혹은 아내로만 박제되는 기분은 지우기 힘들었다. 공들여 쌓아온 경력은 유통기한 지난 쿠폰처럼 속절없이 효력을 잃어갔다. 무엇이라도 해내고 있다는 증거가 절실했다. 오늘 하루를 설명할 수 있는 단어 하나가 그리웠다.

그때 붙잡은 것이 공동육아 품앗이였다. 전직 보육 교사라는 짬에서 나오는 바이브는 자연스럽게 리더 역할을 맡게 했다. 아이들 웃음소리와 정리정돈의 질서 속에 있으니 다시 사회의 톱니바퀴 안에 들어간 기분이 들었다. 하지만 그 1년은 양날의 검이었다. 타인의 아이들을 이끄는 성취감에 뿌듯해하다가도, 집으로 돌아오면 정작 곁에 있는 아이는 뒷전이 아니었나 하는 죄책감이 습격해 왔다. 보람을 찾으면 미안함이 자라나고, 육아에만 매몰되면 존재가 증발해 버리는 답 없는 변덕의 연속이었다.

교과서 속 거장들이 설계한 발달 단계는 한때 육아의 정답지인 줄 알았다. 통제가 가능한 교실과 달리 현실 육아는 날 것 그대로의 야생이었다. 아이가 이론의 궤도에서 조금이라도 이탈할 때면 머릿속 계산기는 발달 과업과 심리 기제를 대조하느라 헛돌곤 했다. 정작 아이는 정답지 밖에서 아무 문제 없이 천진하게 잘 자라고 있는데도 말이다.

방대한 유아교육 지식은 때때로 육아의 걸림돌이 되었다. 책은 정답을 말하지만, 아이는 계획한 대로 잠들지 않았고, 준비하고 계획한 대로 하루가 흘러가지 않았다. 결국 이론은 이론일 뿐이라는 것을 인정하고 나서야, 아이의 눈빛과 숨소리라는 진짜 육아가 보이기 시작했다.

엄마라는 역할은 월급도 퇴직금도 없는 연중무휴 24시간 풀타임 근무자이자, 사회가 요구하는 최고난도 위기 대응 훈

런소였다. 멀티태스킹과 감정 조율이 일상이 된 이 시간은 절대 무의미한 공백이 아니다. 오히려 가장 정직한 실전 경력이 쌓이는 현장 학습에 가깝다. 연봉 협상 테이블에선 써먹을 수 없을지 모르나, 매일 예고 없는 퀘스트를 마주하며 얻은 것은 어떤 돌발 상황에서도 무너지지 않고 버티는 맷집, 그리고 다시 일어서는 유연함이었다.

2

이방인이 되어
바보가 된 날

계산대 앞에서 마주한
낯선 존재감과 독일어 한마디에 지워지는 존재
당황하지 않고 영수증을 받아오는
하찮은 용기가 생존의 전부였던 나날들

계산대 앞 투명 인간

2018년, 베를린 이주는 선택이라기보다 사건에 가까웠다. 남편의 진로에 따라 던져지듯 결정된 이사. 준비할 틈도 없이 시작된 낯선 도시는 짐을 풀기도 전에 생존이라는 숙제부터 내밀었다. 독일에 도착하자마자 가장 먼저 증발한 건 언어였다. 한국에서는 구태여 설명할 필요 없던 것들도 이곳에서는 까다로운 증빙을 요구받았다. 문제는 대체 어디서부터 무엇을 어떻게 증명해야 할지 알 수 없다는 사실이었다.

이방인이라는 딱지를 실감한 곳은 입국 심사대나 관공서 같은 엄숙한 장소가 아니었다. 관광지는 외면하면 그만이지만, 마트는 매일의 끼니를 위해 반드시 통과해야 하는 생존의 영역이다. 이 평범한 공간은 어른으로서의 유능함을 매 순간 의심받아야 하는 가장 일상적인 시험장이 되었다. 동네 마트 계산대 앞에서 익숙하지 않은 유로 지폐와 동전을 구매 금액에 맞춰 겨우 지불하느라, 이미 진이 빠졌는데 갑자기 계산원이 말을 걸었다.

"카센 봉(Kassenbon, 영수증)?"

그 짧은 한 글자에 뇌 회로가 정지했다.

'봉? 봉투 달라는 건가?' 재차 묻는 직원의 무심한 표정에 말 안 통하는 이방인이라는 딱지가 선명하게 붙었다. 등 뒤로 늘어선 사람들의 무심한 시선이 뒤통수를 간질였다. 영수증 한 장 필요한지 묻는 말에 고개를 까닥거리며 눈치나 살피는 꼴이라니. 한국에서는 한 번도 의식해 본 적 없는 검은 머리, 어색한 발음, 어색한 몸짓이 새삼스럽게 튀었다. 그날의 영수증 소동은 베를린의 일상을 매일 아침 로그인과 동시에 시작되는 생존 게임으로 바꾸어 놓았다. 완벽한 독일어 문장을 만드는 건 일찌감치 포기했다. 피할 수 없다면 버티는 수밖에 없었다. 그저 오늘 하루, 일상에서 가장 가깝고도 먼 공간인 마트 계산대에서 당황하지 않고 영수증이라도 잘 받아오는 하찮은 용기가 생존의 전부였다.

지워진 말들

언어의 한계는 곧 활동 반경의 한계였다. 독일어 능력이 신생아 수준이던 시절, 머물 수 있는 세계는 현관문까지였다. 조용히, 눈에 띄지 않게, 실수하지 않게. 하루 종일 입 밖으로 내뱉는 단어라고는 고작 두 개, 인사와 감사뿐이었다. 언어를 잃으니, 존재는 투명해졌다. 말을 걸 수도, 설명할 수도, 항의할 수도 없다. 알아듣지 못해도 "야(Ja, 네)"라고 대답하는 것이 유일한 생존 전략이었다. 관공서 서류 앞에서는 몇 번이나 퇴짜를 맞으며 겨우 붙잡고 있던 자존감은 언어라는 벽 앞에서 와르르 무너졌다. 자발적 묵언 수행이나 다름없었다.

그 무렵 참석한 연말 파티에서 야심 차게 장전해 둔 독일어 문장을 써먹을 기회가 왔다. "무슨 일 하세요?" 어학원에서 배운 대로 당당하게 말했다.

"이히 빈 하우스프라우(Ich bin Hausfrau, 주부예요)."

그런데 반응이 묘했다. 상대는 잠시 멈칫하더니 화제를 돌렸다.

"아, 지금 육아 중이시군요." 그는 마치 실수라도 한 것처럼 미안해하며 뜻밖의 조언을 건넸다. 독일에서는 직업을 물으면 하우스프라우 대신 차라리 아르바이트로스(Arbeitslos, 실업자)라고, 말하는 게 낫다는 것이었다. 그 짧은 조언을 들은 뒤부터 대답을 바꿨다. 주부라는 이름은 그 자체로 존중받아야 마땅하다. 한 가정을 지탱하는 숭고한 노동임을 알면서도 낯선 땅에서 마주한 서늘한 인식이 자꾸만 열등감을 자극해 뒤로 숨게 했다. 무심한 시선으로부터 자존감을 방어하기 위해 실업자라는 가면을 쓰기로 했다. 주부가 부끄러워서가 아니었다. 이방인으로서 낮아진 자존감을 어떻게든 붙잡아야 했다.

아이들이 킨더 가르텐(Kindergarten, 유치원)에 다니기 시작하면서 비로소 숨통이 트였다. 이제 뭔가를 할 수 있을 것 같았지만, 막상 무엇을 좋아했는지조차 쉽게 기억나지 않았다. 가족의 허기를 채우느라 본인의 허기를 방치했던 시간들. 낯선 언어, 무채색의 겨울, 고립된 일상은 우울해지기 딱 좋은 완벽한 조건을 모두 갖추고 있었다.

마트에서 물건이 어디 있는지 묻는 사소한 미션부터 다시 시작했다. 문제는 늘 그다음이었다. 질문은 했는데, 돌아오는 답변을 알아듣지 못했다. 아이 학교 등록 서류를 받았을 때도 마찬가지였다. 필기체로 휘갈겨진 종이를 들고 며칠을 검색 창과 씨름했다. 겨우 확인 하나를 끝내고 나면 온몸의 에너지가 소진되어 침대로 고꾸라지기 일쑤였다.

그래서 전략을 바꿨다. 완벽한 문장을 만들겠다는 욕심 대신, 오늘 한 번 더 입을 떼는 뻔뻔함을 택하기로 했다. 서툰 말들이 무심한 공기 속에 허무하게 흩어질지언정, 침묵 뒤에 숨어 투명 인간으로 지워지는 것보다 나을 거라는 막연한 기대였다. 그렇게 아주 작은 말들을 내뱉으며 흐릿해져 가는 존재의 흔적을 겨우 붙들고 있었다.

\# 상상은_이렇지_않았는데
\# 베를린_언니의_꿈은_어디로

Episode 2

"나인(Nein)"이 쌓이던 날, 반란이 시작됐다

병원 문턱에서 열두 번 거절당하고 깨달은 '나인(Nein, 안됩니다)'이라는 단단한 성벽. 뜻대로 할 수 있는 게 단 하나도 없을 때, 엉뚱하게도 찬장에서 꺼내 든 바리깡. 벽 앞에서 부서지느니 차라리 밀어버리겠다는 이방인의 가장 소심하고 확실한 선빵.

독일의 벽 앞에서
12번 거절당하다

'나인'이라는 견고한 성벽을 넘기 위해
삐뚤삐뚤하게 적어 내려간 간절함
시스템의 틈새를 비집고 들어가기 위한
최소한의 생존 열쇠

"나인(Nein)"이라는 단단한 성벽

독일에서는 아프다고 무작정 큰 병원에 갈 수 없다. 하우스아츠트(Hausarzt, 주치의)라는 관문을 통과해 소견서를 받아야만 다음 단계의 문이 열린다. 그것은 이 낯선 사회의 견고한 시스템 안으로 들어가는 첫 번째 '입소 절차'이자, 유령이 아닌 살아 있는 구성원임을 확인받는 통과 의례였다. 베를린에 온 지 8개월, 미뤄왔던 이 거대한 숙제를 끝내기로 했다. 구글 지도를 켜고 집 반경 2km 내의 가정의학과를 뒤졌다. 목표는 단 하나, 주치의 등록이었다. 하지만 첫 번째 병원 문을 열기도 전에 시스템의 성벽은 가차 없이 밀어냈다.

"신규 환자는 받지 않습니다."

그 짧은 문장은 단순한 공고가 아니라, 이곳에 내어줄 자리는 없다는 선언처럼 들렸다.

두 번째와 세 번째 병원은 아예 물리적인 문조차 열어주지 않았다. 인터폰 너머로 들려오는 무응답과 무미건조한 거절의 목소리들. 네 번째 병원에서는 친절하게 영어 진료가 불가능하다며 등을 돌렸고, 다섯 번째 병원은 통역사를 데려오라며 다시 차가운 거리로 내몰았다. 거절의 횟수가 쌓일수록 서러움과 불안이 밀려왔다. 단순히 병원을 못 구해서 드는 불안이 아니었다. '나인'이라는 말이 반복될 때마다, 이 도시에서의 존재감은 점점 작아지는 기분이었다. 세금을 내고 거주 등록하고 분명히 이곳에 숨 쉬며 살고 있는데도, 11번의 거절을 당하고 나니, 이 도시의 구성원이 아니라 불청객이라는 지독한 소외감뿐이었다.

열한 번째 병원을 나설 즈음, 손에는 아무것도 남아 있지 않았다. 무리한 요구를 한 것도 아니었다. 의사 선생님 얼굴 보기가 베를린 클럽 입장보다 어려웠다. 눈물이 차올랐지만 울고 있을 수만은 없었다. 이대로 물러나면 다음 단계로 갈 수 없다. 가방에서 종이와 펜을 꺼냈다. 그리고 번역기를 돌려 어설픈 글씨로 독일어 한 문장을 적었다.

"이히 뫼히테 미히 안멜덴. 비테 헬펜 지 미어(Ich möchte mich anmelden. Bitte helfen Sie mir, 등록하고 싶어요. 도와주세요)."

어떻게든 이 견고한 시스템의 틈새를 비집고 들어가기 위한 최소한의 생존 열쇠였다.

열두 번째 병원의 문이 열렸다. 접수처의 간호사는 동양인 여자가 들어오자마자 익숙한 표정으로 고개를 저으려 했다. 그 입이 열리기 전에 준비한 종이를 내밀었다. 눈도 마주치지 않던 간호사의 손이 삐뚤빼뚤하게 쓴 독일어 앞에 멈췄다. 그리고 천천히 몸을 돌려 모니터를 확인했다.

"오케이(Okay, 좋아요). 여권 주세요."

그 짧은 한마디에 벼랑 끝의 존재감이 간신히 바닥을 딛고 우뚝 섰다. 주치의 등록이 뭐라고, 일생일대의 합격 통지서라도 받은 것처럼 가슴이 쿵쿵 뛰었다. 단순히 아플 때 갈 곳이 생겼다는 안도감도 잠시, 알 수 없는 패배감이 밀물처럼 밀려왔다. 고작 이걸 얻으려고 이토록 애원해야 했던가. 이제 겨우 첫 관문을 통과했을 뿐이라는 사실이, 베를린이 툭 던진 서늘한 예고편 같아서 오히려 더 작게 움츠러들었다.

소아과 문 앞에서 터져 버린 비명

독일에 온 뒤 큰아이는 유독 코피를 자주 흘렸다. 처음에는 대수롭지 않게 여겼다. 하지만 그날은 달랐다. 30분이 지나도 코피가 멈추지 않았다. 휴지는 금세 새빨갛게 젖었고, 아이 얼굴보다 더 붉은 피가 뚝뚝 떨어졌다. 덜컥 겁이 났다. 남편은 출근한 뒤였고, 두 아이를 유모차에 태우고 무작정 집을 나섰다. 의사를 만나면 괜찮아질 거라는 희망 하나로 숨이 턱끝까지 차오르도록 소아과를 향해 뛰었다. 하지만 숨을 헐떡이며 도착한 접수처에서 돌아온 것은 도움의 손길이 아니라 얼음장보다 차가운 규칙이었다.

"테어민이 없으면 진료할 수 없습니다."

아이가 피를 흘리고 있다고, 제발 한 번만 봐달라고 사정했

 Episode 2 "나인(Nein)"이 쌓이던 날, 반란이 시작됐다

다. 하지만 직원은 눈을 피하며 모니터만 바라봤다. 독일 사회의 견고한 성벽인 예약제라는 규칙 앞에서 지금 당장 피를 흘리는 아이의 고통은 고려 대상이 아닌 듯했다. 머릿속이 하얘졌다. 다시 근처 이비인후과로 달렸다. 땀인지 눈물인지 모를 것이 범벅된 채로 도착해 다시 간청했지만, 이번엔 급하게 나오느라 챙기지 못한 보험 카드가 발목을 잡았다.

"집이 바로 앞이에요. 접수부터 하고 바로 가져올게요. 제발요."

간절한 부탁에도 간호사는 고개를 저었다.

"나인!"

그 짧은 한마디가 닫힌 문보다 더 견고하게 우리를 밀어냈다. 그 순간, 무언가 툭 하고 끊어졌다. 이성적인 대화나 교양 있는 태도 따위는 이미 갖다 버렸다. 예약이고 나발이고, 남은 건 생존 본능뿐이었다.

"사람이 먼저지 예약이 먼저야!!!"

병원 로비에 울려 퍼진 건 우아한 독일어가 아니라 데시벨 높은 엄마의 샤우팅이었다. 땀에 젖은 산발 머리에 피 묻은 아이를 안고 소리 지르는 동양인 여자. CCTV로 봤다면 영락

없는 스릴러 영화의 한 장면이었겠지만, 당시엔 절규하는 것 말고는 선택지가 없었다. 결국 남편에게 도움을 요청한 뒤에야 상황은 정리되었다. 그마저도 병원 두어 곳을 더 빙빙 돈 후에 검사를 받을 수 있었는데, 결과는 단순한 알레르기 반응이었다. 원인을 알고 나니 허무할 정도로 아이는 금세 평온을 되찾았다. 하지만 집으로 돌아오는 길, 지쳐 잠든 아이의 얼굴을 보며 자괴감이 밀려왔다. 병원 로비에서 사자후를 내뱉는 엄마의 낯선 모습을 아이는 어떤 눈으로 봤을까. 피를 흘리며 겁에 질린 순간에도 아이는 엄마의 눈치만 살피고 있었다. 거친 세상 속에서도 "괜찮아, 엄마가 다 해결할게."라는 평온한 뒷모습으로 아이의 공포를 막아주는 방패가 되어야 했다. 하지만 방패가 되기는커녕, 아이와 함께 성난 파도 속으로 뛰어들어버렸다. 아이의 코피는 멎었지만, 마음 한구석에서는 그날의 절규가 오랫동안 메아리쳤다.

\#언제_아플_줄_알고_미리_예약을_해
\#병원_예약_기다리다가_저승길_예약_먼저_하겠네

2

어른의 몸,
어린아이의 언어

고통조차 설명할 수 없어
창작어를 내뱉어야 했던 응급실의 지독한 굴욕
한국에서의 지적인 언어들이
증발한 자리에 남은 뜨거운 쪽팔림의 기록

음식 거리라는 하찮은 굴욕

베를린에서의 시간이 겹겹이 쌓였지만, 이 땅의 독한 추위에 몸은 여전히 곁을 내주지 않았다. 아이의 코피 소동이 폭풍처럼 지나갔던 그해 겨울로부터 벌써 몇 해가 흘렀건만, 베를린의 겨울은 매번 처음 겪는 재난처럼 낯설고 매서웠다. 그날 밤도 그랬다. 아이를 간신히 재우고 거실에 앉았을 때, 몸은 기다렸다는 듯 오작동을 일으켰다. 해마다 겨울이면 찾아오던 고질적인 속앓이가 면역력이 바닥난 틈을 타 가슴을 치고 올라왔다.

남편에게 아이를 맡기고 응급실로 향했다. 접수처에 이름을 올리는 것으로 일단 소임은 끝났다. 그다음부터는 병원의 시간이었다. 이곳의 치료 전략은 환자가 지쳐서 스스로 나을 때까지 기다리게 하기, 즉 고도의 인내심을 통한 자연 치유인 게 분명했다. 환자들은 어쩔 수 없이 그 전략에 순응해야만 했다. 하얀 형광등 불빛 아래 앉아 있는 사람들은 저마다의 고통을 껴안고 침묵 수행 중이었다. 공기는 무겁고 서늘했다. 1시간이 지나고 3시간이 흘러도 이름은 불리지 않았다. 당장이라도 기절할 것 같았지만, 차가운 대기실 의자에 몸을 구긴 채 버텼다. 의자에 엎드려 있는 시간이 길어질수록 자아는 흐릿해지고 이방인이라는 정체성만 선명해졌다. 주변에서 들려오는 독일어는 이해할 수 없는 소음이 되어 귓가를 맴돌았다. 통증은 점점 선명해지는데, 그 통증을 누구에게도 전달할 수 없었다. 마치 이 순간이 꿈처럼 자고 일어나 깨길 바랄 뿐이었다.

5시간의 긴 기다림 끝에 드디어 의사를 만났다. 머릿속은 곧장 단어를 찾는 기계처럼 필사적으로 돌아갔다. 한국에서는 말이 무기인 사람이었다. 교실에서 아이들의 질문에 상상력을 발휘하고 학부모들과 정교한 어휘로 상담하던 교사였다. 하지만 이곳의 진료실에서는 겨우 단어 몇 개를 구걸하는 이방인에 불과했다. 공포와 통증은 쌓아온 지적인 언어들을 단숨에 집어삼켰다. 입술 사이로 새어 나온 건 괴상한 창 작어였다.

"콜록콜록 메아 할스 크랑크(mehr hals krank, 많이 목 아파요), 히어 하벤 쯔바이 스트라세(hier haben zwei Straße, 여기 길 두 개 있어요), 아바(aber, 그런데), 에센 슈트라세 크랑크(Essen Straße krank, 음식 거리 아파요)."

식도라는 고급 의학 용어를 알 리 없었다. 급한 대로 내뱉은 말은 이제 막 말을 배우기 시작한 어린아이 같은 표현이었다. 한술 더 떠서 음식이 자꾸 역류한다고 말하고 싶어 손으로 입과 목을 오가며 덧붙였다.

"에센 게헨 쭈룩(Essen gehen zurück, 음식이 되돌아와요)."

의사의 동공이 지진 난 듯 흔들렸다. 그는 눈앞의 환자를 아픈 사람이 아닌, 고장 난 번역기 보듯 응시했다. 그 순간, 통증보다 더 뜨거운 쪽팔림이 전신을 감쌌다. 통증 치료보다 쪽팔림 치료가 더 시급해 보였다.

고통조차 설명할 수 없는 이방인

베를린에서 보낸 시간이 겹겹이 쌓여가고 있었다. 조금씩 독일어 공부를 했고, 이제 마트 계산대에서 영수증을 묻는 말쯤은 가볍게 받아치게 되었고, 카페에서 주문하는 정도는 제법 능숙해졌다. '이제 조금씩 사람답게 살고 있구나' 하는 안도감이 고개를 들 때쯤, 베를린의 겨울은 비웃기라도 하듯 지독한 몸살을 선물했다. 다시 응급실의 차가운 의자에 몸을 구겼다. 이번에는 지난번 같은 실수를 하지 않으리라 다짐했지만, 고통이 머릿속을 헤집어놓자 공부했던 단어들은 약속이라도 한 듯 안개처럼 흩어졌다. 이번에도 5시간이었다. 반복되는 상황에 벌써 PTSD(외상 후 스트레스 장애)가 오는 것만 같았다.

"어떻게 오셨나요?" 의사의 질문에 튀어나온 말은 가관이었다.

"히어 바이넨 아우아(Hier Beinen aua, 여기 다리 아파요). 바이넨 카인 블루퉁(Beinen kein Blutung, 다리에 피가 없어요). 찌리리리, 찌리리리!"

피가 통하지 않는 느낌이 들고 다리가 저리다고 말하고 싶었다. 그것도 모자라 한국어 의성어인 '찌리리리'를 내뱉으며 손가락을 까닥거렸다. 순간 1초의 정적이 흘렀다. 의사는 웃음을 참는 건지, 못 볼 걸 본 건지 알 수 없는 묘한 표정을 지으며 눈을 피했다. 화끈거리는 얼굴만큼이나 진료실의 공기는 민망함으로 채워졌다. 마음 같아서는 진료고 뭐고 그대로 도망치고 싶었지만, 이미 엎질러진 '찌리리리'였다. 진료실을 나와 다시 차가운 의자에 앉았다. 다리는 여전히 저렸고, 머릿속은 텅 비어 있었다. 말하지 못했다는 감각만 또렷하게 남아 있었다.

윙- 소리와 함께
잘려 나간 불안들

뜻대로 되는 게 하나도 없을 때,
유일하게 의지대로 움직여준 작은 바리깡
타인에 의한 결정이 아닌 자의에 의한 파괴,
그리고 비로소 마주한 해방감

무대 위, 퇴장 버튼

베를린의 삶은 마치 베를린이라는 무대 위에 억지로 서 있는 배우의 삶 같았다. 대사는 꼬이고, 조명은 너무 눈부셨으며 관객은 끊임없이 '나인'이라는 야유를 보냈다. 무대 뒤에서는 이미 수천 번도 넘게 퇴장 버튼을 누른 상태였다. 더 이상 잘해 보자는 의욕조차 들지 않았다. 아침에 태어나 밤에 죽는 하루살이처럼 느껴졌다. 그럼에도 오늘을 버티자는 마음 하나로, 겨우 하루를 넘기던 나날들이었다. 그러다 문득, 밑도 끝도 없는 단순한 욕구가 올라왔다. '마음대로 하는 일을 하나만이라도 해 보자.'

독일에서 무엇 하나 뜻대로 되는 게 없던 그때, 유일하게 의지대로 움직여줄 수 있는 건 바리깡뿐이었다. 누가 뭐라 해도, 서류가 필요하지도 않고, 예약을 잡을 필요도 없고, "나인"을 들을 일도 없었다. 딸깍 누르면 바로 실행되는 작은 기계. 이게 뭐라고, 손에 쥐는 순간 갑자기 묵직한 주도권처럼 느껴졌다. 적어도 이 순간만큼은 타인에 의해서가 아닌, 자의에 의한 결정이었으니까.

소심한 선빵

하지만 바리깡을 쥐었다고 바로 퇴장 버튼을 누를 순 없었다. 독일어와 굴욕으로 도배된 이 도시에서 통제할 수 있는 유일한 기계였지만, 무턱대고 머리를 밀어버리면 아이들이 기절초풍할 게 뻔했다. 이 대책 없는 충동에 슬쩍 놀이라는 가면을 씌웠다. 어떤 극한 상황에서도 엄마라는 광대는 아이라는 관객 앞에서 쇼를 멈출 수 없는 법이니까.

"애들아, 오늘은 미용실 놀이 할까?"

아이들의 눈이 기다렸다는 듯 반짝였다. 큰아이가 조심스레 가위를 들며 물었다.

"엄마 진짜 잘라도 돼?"

생전 처음 맛보는 자유를 앞둔 사람처럼, 최대한 쿨한 척

대답했다.

"응, 괜찮아. 마음껏 잘라 봐!"

그 '마음껏'이 곧 삶의 가장 파격적인 일이 될 줄은 아무도 몰랐다. 아이들은 즉시 미용사 모드에 돌입했다. 첫째는 신중파였다. 손끝에 바짝 힘을 주고, 머리카락 한 줌을 살짝 들어 올린 다음, "자른다? 진짜 자른다?"를 몇 번이나 확인했다. 반면 둘째는 거침없는 과감 파였다. "내가 할래!" 아이들의 손이 움직일 때마다 '서걱, 서걱' 날카로운 금속음이 귓가를 스쳤다. 아이들은 금기를 깨는 짜릿함에 깔깔거리며 머리카락을 듬성듬성 잘라냈다.

힘없이 툭툭 잘려 나가는 머리카락 뭉치들을 보며 이상하게 웃음이 났다. 거울 속 모습은 점점 가관이 되어갔다. 한쪽은 쥐가 파먹은 듯했고 뒤쪽은 누군가 쥐어뜯은 것처럼 엉망이었다. 하지만 그 우스꽝스러운 비대칭의 머리에 오랜만에 웃음이 나왔다. 통제 불능인 이 도시에서 자의로 감행하는 유일한 파괴이자 해방이었기 때문이다. 한참을 놀고 나서 최대한 자연스럽게 말했다. "엄마 이제 머리 정리하고 올게."

아이들은 "응!"하고 간식 쪽으로 관심이 이동했다. 그 틈을 타 화장실로 들어갔다. 거울 속의 모습은 독일에서의 처지와 똑 닮아 있었다. 바리깡을 켰다. 윙— 하는 기계음이 좁은 화장실 벽을 타고 날카롭게 돌아왔다. 딸깍. 기계가 지나간 자리에 머리카락이 우수수 떨어졌다. 처음 느껴보는 기분이었다. 잘려 나가는 것은 머리카락만이 아니었다. 서류 뭉치 앞에서 작아지던 자괴감, 독일어 한마디에 얼어붙던 공포, 짓누르던 우아한 엄마로 보이려던 마지막 자존심이 화장실 타일 위로 함께 떨어졌다. 거울 속의 여자는 점점 낯설어졌지만, 이상하게 마음은 가벼워졌다. '왜 이렇게까지 해야 하지?' '뭘 잘못했지?' 같은 자책도, 미련도 머리카락과 함께 바닥에 내려앉았다.

의식을 마치고 문을 열었다. 아이들의 반응은 예상보다 훨씬 솔직했다. 큰아이는 입을 쩍 벌리고, 정지 화면처럼 굳어버렸고, 둘째는 1초도 지나지 않아 소스라치게 놀라며 울음을 터트렸다. "엄마 머리 돌려놔! 돌려놔 아아!" 생전 처음 마주한 엄마의 낯선 모습에 기겁이라도 한 듯, 발을 동동 구르며 서럽게 울었다. 민망한 후회가 잠시 치솟을 때쯤, 가만히 지켜보던 첫째가 아주 조심스럽게 물었다.

"엄마 머리는… 다시 자라는 거죠?"

그 질문은 마치 예언처럼 들렸다.

"그렇지. 다시 전보다 더 건강한 머리카락이 자랄 거야."

둘째를 끌어안고 달랬다. "엄마 괜찮아. 엄마 머리 다시 자라." 둘째는 울면서도 포기하지 않았다. "그러면 지금 돌려놔…"라며 칭얼댔다. 거울에 비친 까슬까슬하고 어색한 머리를 보았다. 웃을지 울지 모르겠는 얼굴로, 계속 아이의 등을 토닥였다. 마음 깊숙한 곳에서 더 이상 잃을 것이 없다는 홀가분함이 차올랐다. 베를린의 작은 화장실에서, 당장 선택할 수 있는 최소한의 도구로 인생의 다시 시작 버튼을 눌렀다.

거울 속 낯선 민낯

머리카락을 밀어냈다고 베를린의 무뚝뚝한 현실이 다정해질 리 없었다. 오히려 다음 날 아침, 가장 먼저 찾아온 건 정수리부터 타고 내려오는 생소한 한기였다. 비어 버린 머리 위로 베를린의 겨울 공기가 더 날 서게 느껴졌다. 화장실 거울 앞에 섰을 때, 허탈한 웃음을 삼켰다. '대체 무슨 짓을 한 거지?' 어젯밤의 비장했던 각오는 온데간데없고, 거울 속에는 낯선 여자 한 명이 빤히 응시하고 있었다. 머리카락이라는 가림막이 사라진 자리에는 평생 처음 마주하는 적나라한 두상이 드러났다.

잠에서 깬 아이들은 머리를 보자마자 대뜸 물었다.

"엄마 머리 아직 안 자랐어?"

"…머리 자라려면 시간이 좀 걸려."

아이의 천진난만한 물음에 씁쓸하게 답했다. 해방감은 찰나였고, 민망함과 후회는 길었다. 그럴 수만 있다면 예전으로 돌아가고 싶은 마음이 굴뚝같았다.

진짜 현타(현실 자각 타임)는 집 밖을 나섰을 때 찾아왔다. 삭발한 머리를 감추기 위해 두툼한 비니를 깊게 눌러쓰고 마트로 향했다. 머리를 밀었으니, 어제보다는 조금 더 당당해졌을 거라 믿었다. 마트에서는 구매 금액에 따라 적립용 스티커를 주는 행사가 한창이었다. 문제는 그 하찮은 종이 쪼가리를 부르는 독일어 단어를 알 턱이 없다는 사실이었다. 손가락으로 계산대 옆을 가리키며 쭈뼛거렸다.

"스티커 비테(Sticker bitte, 스티커 주세요.)."

직원은 미간을 잔뜩 구긴 채 소리쳤다.

"바스???(Was???, 뭐라고?)"

그 짧은 고함에 심장이 발밑까지 쿵 떨어졌다.

"스~티~커~"

적립 팸플릿을 보여주며 재차 말했지만, 돌아온 건 인상을 잔뜩 쓰며 계산대를 주먹으로 탕 내리치는 소리였다. 도통

무슨 말인지 모르겠다는 듯이 양손을 펴고 어깨를 으쓱하는 과장된 몸짓 앞에서 비니 속에 숨은 민머리는 식은땀이 흥건해졌다. 다행히 뒷사람의 도움으로 상황은 종료됐지만, 진짜 굴욕은 그다음이었다. 직원은 고개를 절레절레 저으며 스티커를 한 장 한 장 세더니 툭 던졌다. 마음 같아서는 직원 얼굴에 도로 던져주고 싶었으나, 그저 죄인이라도 된 양 허둥지둥 그 자리를 도망쳐 나왔다.

비니 속의 머리는 어제보다 훨씬 가벼웠지만, 입에서 나가는 문장은 여전히 무겁고 비루했다. 머리카락은 사라졌지만, 서툰 독일어는 그대로였다. 비니를 눌러쓴 채 여전히 침묵하는 이방인일 뿐, 바뀐 건 아무것도 없었다. 오히려 머리카락이라는 방어막조차 사라진 채 찬바람을 정면으로 맞는 기분이었다. 삭발이 화려한 선전포고인 줄 알았는데, 마트 직원의 짜증 섞인 한마디에 다시 독일어 겁쟁이로 강등되었다.

독일에_뺨_맞고_머리에_화풀이
그럴_수만_있다면_인생을_돌리고_싶다

Episode 3

타이머가 울린 밤,
다시 움직이다

죽음의 순간 스친 건 베를린의 고단함이 아닌 아이들을 안
아줄 수 없는 아득한 간격이었다. 완벽주의라는 질긴 족쇄
를 풀고 오늘을 무사히 건너기 위해 수집한 작은 완료. 하루
10분의 기록들이 무너진 마음의 면역력을 회복시키는 고요
한 심폐소생술.

1

갓길에서 배운
삶의 태도

죽음의 문턱에서 마주한 사치스러운 고민들과
아이들을 안아줄 수 없던 거리의 공포
인생을 너무 심각하게 대하지 않기로 한 결심이
가져다준 가장 홀가분한 보폭

죽음 앞의 사치

3년 전, 한국 방문을 마치고 독일로 돌아가던 날이었다. 공항으로 향하는 새벽 버스 안의 공기는 왠지 모르게 스산했고, 발걸음은 도살장에 끌려가는 소처럼 무거웠다. 베를린의 회색 하늘, 입술 위에서 겉도는 독일어, 이방인이라는 꼬리표. 다시 그 지겨운 현실을 마주해야 한다는 생각만으로도 온몸의 세포가 돌아가길 거부하고 있었다. '정말 가기 싫다, 시간이 멈췄으면 좋겠다.'라는 말이 입안에 맴돌았다.

그 불길한 주문이 통했던 걸까. 빗길을 달리던 버스가 굉음과 함께 6중 추돌 사고에 휘말린 건 순식간이었다. 가기 싫은 마음에 티켓을 늦게 구한 대가로 좌석은 운전석 바로 뒷줄, 아이들은 저 멀리 맨 뒷좌석에 이산가족처럼 떨어져 있었다.

조수석에서 불길이 치솟고 비명이 난무하던 그 찰나, 머릿속을 스친 건 베를린의 고단함이 아니었다. 죽음의 순간에 아이들을 안아줄 수조차 없는 그 아득한 간격이 주는 공포와 후회뿐이었다. 아이러니하게도 우리를 사고로 몰아넣은 폭우는, 치솟던 불길을 잡는 구원자가 되었다. 목숨은 건졌지만, 구조를 기다리며 갓길에서 보낸 3시간은 강제적인 인생 필터 교체 시간이었다. 장대비가 쏟아지는 아스팔트 위, 젖은 바닥의 냉기가 바지를 타고 올라왔지만, 품에 안은 아이들의 심장 박동은 그 어느 때보다 뜨겁게 전해졌다. 어둠 속에서 번뜩이는 구급차의 사이렌 불빛과 매캐한 도로의 냄새 속에서 절감했다. 누군가의 생이 끝난 처참한 사고 현장에서 아이들의 따뜻한 체온을 느끼는 한편, 독일로 돌아가기 싫어 머리를 지끈거리게 했던 그 모든 '고뇌'가 생사가 오가는 길 위에서는 얼마나 사치스럽고 오만한 투정이었는지를.

우리는 언제든 사라질 수 있는 존재라는 명백한 사실을 깨닫고 나니, 타인의 눈치를 보며 주눅 들어 살기에 남은 생이 너무 짧고 소중했다. 다시 베를린행 비행기에 올랐을 때, 더 이상 도살장에 끌려가는 소의 마음이 아니었다. 현실은 변한

게 없었지만, 삶을 대하는 태도만큼은 이전과 180도 달라져 있었다. 덤으로 얻은 삶을 즐기러 온 여행자의 보폭은 이전 보다 훨씬 가벼워져 있었다.

시선 밖의 홀가분함

베를린 공항에 내려 짐을 찾고 집으로 돌아오는 길, 도시의 공기는 그대로지만, 그것을 들이마시는 마음 온도는 달라져 있었다. 자신을 갉아먹던 사소한 것들이 더 이상 두렵지 않았다. 마트 직원의 무심함이나 입안에서만 맴도는 서툰 독일어 때문에 자책하는 일은 그만두기로 했다. '독일어 좀 못한다고 바보는 아니잖아.'라는 뻔뻔함이 생기자, 마음이 한결 가벼워졌다.

우편함 속 외계어 같은 서류들 앞에서 밤잠을 설치던 예민함도 사라졌다. 매사 뭐가 그렇게 심각했을까. 죽음의 문턱에서 돌아온 이에게 서류 몇 장은 그저 종이 뭉치일 뿐이었다.

인생을 너무 심각하게 대하지 않기로 했다. 타인의 기준이나 정답이라 불리는 삶의 틀에 끼워 맞추던 에너지를 회수해, 오직 삶의 본질에만 집중하기로 한 것이다. 마음의 엉킨 매듭들은 과감히 잘라냈다. 마치 엉킨 머리카락을 싹둑 밀어버리듯, 삶을 무겁게 짓누르던 기억과 감정들로부터 거리두기를 선언했다.

그날의 사고는 아이러니하게도 타인의 시선을 털어내고, 가장 가벼운 자유를 선물했다. 독일어 좀 버벅거린다고, 남들보다 조금 늦게 간다고 해서 인생이 실패로 기록되는 것은 아니었다. 서툰 언어는 부끄러움이 아니라 과정이었고, 늦어지는 속도는 정체가 아니라 고유한 호흡일 뿐이었다. 다시 살아갈 수 있다는 사실 하나로, 불만 가득했던 베를린의 일상에 서서히 감사가 스며들었다.

2

완벽주의라는 족쇄를 풀고,
딱 10분만

거창한 내일보다 오늘을 무사히 건너기 위해
수집한 작고 소중한 '완료'의 순간들
마음의 무게에 일상이 짓눌리지 않도록 세운
하루 10분이라는 최후의 보루

거창한 계획은 독이다

갓길 위에서 갈아 끼운 인생의 필터는 선명했지만, 베를린의 일상은 여전히 채도 낮은 회색이었다. 죽음의 문턱에서 마주했던 깨달음은 독일의 느릿한 시계와 문장 하나에 온 신경을 곤두세워야 하는 생존의 긴장 앞에 속수무책으로 가라앉았다.

완벽해야 한다는 오랜 습관이 생각보다 질겼고, 그것은 매 순간 발목을 잡아챘다. 머리로는 대충을 외치지만, 몸은 여전히 사소한 실수에도 주눅이 들었다. 의욕만 앞선 계획은 또다시 실패할 게 뻔했다. 덤으로 얻은 이 삶을 하루하루 지켜낼 아주 작고 구체적인 장치가 필요했다. 완벽주의라는 족쇄를 풀고 딱 10분만 시작해 보기로 한 이유다.

독일의 시간은 여전히 느렸고, 절차는 복잡했으며, 독일어는 제자리걸음이었다. 어제와 오늘이 데칼코마니처럼 반복되는 막막한 일상. 다음 단계로 나아가려면 서류와 예약, 언제가 될지 모르는 끝없는 기다림이라는 인내심 테스트를 수시로 통과해야 했다.

'제대로 하지 않을 거면 안 하는 게 낫다'라는 이상한 늪에 빠지기도 했다. 아이들이 잠들면 비장하게 독일어 책을 펴지만, 육아로 방전된 몸은 책상 앞에 앉는 것조차 버거웠다. 계획한 분량을 채우지 못하면 자신을 한심하게 여기며 책을 덮어버렸다. '오늘은 피곤하니까 내일 완벽하게 두 배로 하자.' 지키지 못할 약속은 연체료처럼 쌓여갔다. 누구도 강요하지 않은 높은 기준을 세워두고, 매일 자신을 벌주는 악순환이었다.

손에 잡히지 않는 내일을 붙잡고 불안해하기보다 오늘을 무사히 건너는 데 집중하기로 했다. '잘하자'가 아니라 '지나가자'로 노선을 틀었다. 완벽한 하루를 만들기보다, 엉망인 날에도 아주 잠깐이나마 책상에 궁둥이를 붙이는 작은 완료를 수집했다. 물론 성공보다 실패하는 날이 더 많았고 평온보다 무너지는 날이 더 많았다. 그러나 실패의 기록 또한 일상의 일부로 받아들였다.

　삶을 통째로 바꾸겠다는 욕심을 버리고, 언제든 다시 돌아올 수 있는 최소 단위를 설정했다. 마음의 무게에 일상이 무너지지 않도록, 하루 10분이라는 최후의 보루를 세웠다. 그 가느다란 10분의 통로를 통해 너덜너덜해진 자존감에 간신히 심폐소생술을 시도했다.

포스트잇 작은 교실

삶을 무너뜨린 게 말이었다면, 다시 일으켜 세운 것 역시 아주 사소한 단어들이었다. 빽빽한 계획표 대신 포스트잇 한 뭉치를 들고 집안 곳곳을 돌았다. 냉장고에는 'der Kühlschrank', 식탁에는 'der Tisch'. 아이들의 놀이처럼 시작된 이 유치한 이름표 붙이기는 엉망이 된 하루를 지탱해주는 최소한의 이정표가 되었다. 문법의 늪에 빠져 허우적대기보다 손이 닿는 물건들의 이름을 하나씩 불러주는 일. 그 간절한 반복이 굳게 닫혀있던 독일이라는 문을 여는 하찮고도 확실한 열쇠였다.

공부는 반드시 책상 위에서만 이루어진다는 고정관념부터 버렸다. 완벽한 루틴, 고요한 책상, 온전한 두 시간의 집중 같은 건 당시 삶에 허락되지 않은 사치였기 때문이다. 대신 눈에 띄는 모든 동선을 작은 교실로 만들었다. 주방 벽면에는 재귀동사 리스트를 붙이고, 화장실 벽에는 아이들과 함께 외우면 좋을 단어들을, 침실 벽에는 관사 표를, 냉장고에는 외울 핵심 문장으로 도배되었다.

물론 붙여둔 단어들이 단번에 외워지지는 않았다. 포스트잇이 인테리어처럼 느껴질 정도로 무감각해지는 날이 더 많았다. 그래도 상관없었다. 중요한 건 '많이'가 아니라 '자주'였고, '완벽하게'가 아니라 '어떻게든 계속'이었다. 이 끈질긴 메모지들은 삶을 침해하지 않는 방식으로 독일어를 일상에 서서히 스며들게 하는 장치였다.

집은 더 이상 살림의 감옥이 아니라, 언제든 단어와 마주칠 수 있는 살아 있는 학습의 현장이 되었다. 아이들이 스티커를 붙이며 세상의 이름을 익히듯, 집안 풍경을 하나씩 바꿔가며 다시 일어서고 있었다. 독일의 행정 처리 속도보다는 아주 조금 빠르다는 사실에 위안을 삼으며, 이 정도면 꽤 역동적인 전진이라 우겨보기로 했다.

10분의 힘

아이들을 재우고 난 뒤, 적막한 거실에서 주방 타이머를 10분에 맞춘다. 이 10분은 단순히 글자를 옮겨 적는 시간이 아니라, 독일어 한 문장에 기죽고, 낮아진 자존감을 토닥이는 시간이 필요했다. 니체는 말했다. 실적 없는 자신을 먼저 존경하라고 했다. 독일어 단어 하나 제대로 못 외우는 한심한 나날이었지만, 그 문장을 베껴 쓰는 동안만큼은 독일어 못하는 이방인이 아니라, 제법 괜찮은 인간으로 되돌아오는 기분이었다.

"자신을 대단치 않은 인간이라 폄하해서는 안 된다. 그 같은 생각은 자신의 행동과 사고를 옭아매려 들기 때문이다. 오히려 맨 먼저 자신을 존경하는 것부터 시작하라. 아직 아무것도 하지 않은 자신을, 아직 아무런 실적을 이루지 못한 자신을 인간으로서 존경하는 것이다. 자신의 인생을 완성시키기 위해 가장 먼저 자신을 존경하라."

사각거리는 소리가 낮 동안 묻어온 비루한 감정들에 연고를 발라주었다. 필사는 무너진 마음에 내주는 10분짜리 숨구멍이었다. 타국 생활로 바닥까지 치달았던 자존감에 다시 온기를 불어넣는 응급처치였다. 자신과의 약속을 지켰다는 소박한 성취감은 우울의 늪에서 건져 올렸다. 잊고 지냈던 감각이 되살아나자, 비로소 베를린 생활에 치여 미워하기만 했던 자신을 다시 보듬을 여유가 생겼다.

처음에는 문장의 심오한 의미보다 숙제처럼 '루틴' 그 자체에 집착했다. 뜻대로 되는 게 하나 없는 타국 생활에서, 자신의 의지로 시작하고 끝낼 수 있는 완료된 10분이 절실했기 때문이다. 그 짧은 시간은 현실의 문제를 즉각 해결해 주지는 못했지만, 끝없는 바닥으로 치닫던 마음의 속도를 잠시 늦춰주었다.

어느 날 밤, 식탁 앞에 앉아 있는데 아이가 조용히 다가와 물었다.

"엄마, 지금 공부해?"

"응, 엄마 공부해."

아이는 잠시 생각하더니 작게 속삭였다.

"엄마 파이팅."

그날 처음으로 엄마라는 이름을 다시 정의했다.

엄마라서 멈춘 사람이 아니라 엄마라서 더 많이 배우는 사람이라고. 아이가 부르면 책을 덮고, 아이가 잠들면 다시 펼치는 이 힘겨운 반복 속에서 점점 더 단단해졌다. 집중이 끊기면 자책하기보다 '육아 중 집중력은 원래 3분 카레보다 짧은 게 정상'이라고 마음을 다독였다. 하루가 엉망이면 '오늘은 여기까지'를 허락하는 뻔뻔함도 익혔다.

삶을 다시 일으켜 세운 건 대단한 확신이 아니라, "어쨌든 다시 시작할 수 있다"라는 작고 구차한 믿음이었다. 모든 걸 척척 해내는 원더우먼 엄마가 되기보다, 넘어져도 기어코 제자리로 돌아오는 오뚝이의 탄성을 믿기로 한 것이다. 그 10분의 시간은, 하루 한 번 비밀스럽게 생사를 확인하는 접선의 시간이기도 했다.

언어로 다시
세상과 연결되다

서러운 눈물 끝에 펼친 독일어 책과

사회로 나가는 통행증이 되어준 합격증

인스타툰이라는 감정의 대피소에서

서로의 하루를 토닥이며 높여온 자존감의 온도

언어는 힘이다

독일에 와서 가장 먼저 무너진 것은 자신감이었다. 언어가 통하지 않는다는 이유 하나로, 순식간에 아무 말도 못 하는 바보가 되었다. 설명할 수도, 항의할 수도, 변명조차 할 수 없는 상태. 그저 웃거나 고개를 끄덕이며 상황이 빨리 끝나기만을 바랐다. 당장 사라져도 아무도 모를 투명 인간이 되는 기분이었다. 독일에서의 삶은 끊임없이 증명해야 하는 과정이었지만, 정작 언어가 없으니 증명할 기회조차 박탈당한 기분이었다. 그러던 어느 날, 비행기에서 우연히 파독 간호사 출신 할머니를 만났다. 한국으로 돌아가는 길도 아니었고, 특별한 인연을 기대한 것도 아니었다. 그런데 그분은 처음 독일로 건너와 병동에서 일하던 때를 들려주셨다. 독일어를 못해서 몸이 고생했던 날들, 간호사로 왔지만 실제로는 빵을 만들고 환자 목욕을 시키는 일부터 하며 '왜 여기서 이 일을 하고 있나!' 싶어 눈물로 지새웠던 밤들. 할머니는 그 비참함을 이기기 위해 언어를 배우기로 결심했다고 하셨다. 독일어를 익히고 나서야 비로소 간호사로서 자리를 되찾았고, 수간호사로 당당히 정년퇴직할 수 있었다는 이야기였다. 할머니는 손을 잡으며 말씀하셨다.

"아기 엄마, 언어를 꼭 배워요. 언어가 힘이에요. 그래야 무시당하지 않고, 하고 싶은 거 하며 살 수 있어요."

생면부지의 타인이 건넨 그 한마디가 포기하려던 마음에 작은 불씨를 지폈다. 그때 실감했다. 언어는 단순한 소통 도구가 아니었다. 이 사회 안에서 위치를 결정짓는 권력이었고, 선택이 아닌 생존의 문제였다. 때마침 지인을 통해 병원을 돌며 혈액을 수집하는 미니잡(Minijob, 아르바이트) 자리가 생겼다. 독일어는 자신이 없었지만, 일단 하겠다고 덥석 물었다. 주 3회, 하루 2시간씩 병원에서 채혈한 혈액을 연구소로 옮기는 일이었다. 시간당 10유로 남짓한 벌이었지만, 사회의 구성원으로 첫발을 내디뎠다는 사실만으로도 삶의 활력이

도는 듯했다.

하지만 그 감사한 마음은 일을 시작한 지 하루 만에 자괴감으로 바뀌었다. 호기롭게 시작한 것과 달리, 말이 빠르고 무표정한 간호사들은 독일어 한마디도 못 하는 아시아 여성을 기다려줄 시간이 없었다. 그들의 차가운 시선이 언어 능력 때문인지, 아니면 동양인이라는 이유로 겪는 차별인지 분간할 수 없어 자격지심만 커져 갔다. 감정의 롤러코스터는 날씨가 궂은 날이면 더욱 요동쳤다. 비바람이 몰아치던 어느 날이었다. 한 손엔 우산, 다른 한 손엔 혈액 박스를 들고 가는데, 강풍에 우산이 뒤집혀버렸다. 쫄딱 젖은 채 뒤집힌 우산과 씨름하다 보니 왈칵 눈물이 쏟아졌다. '이러려고 공부했나. 여기서 지금 뭐 하고 있는 걸까.' 오만가지 생각이 빗물과 함께 흐르기 시작했다. 건물 유리에 비친 초라한 모습 위로 빗물이 사정없이 쏟아졌다. 길바닥에서 한참을 울며 속을 다 게워 내고서야 겨우 집으로 발걸음을 옮길 수 있었다.

그날의 서러움은 가장 정직한 동력이 되었다. 슬퍼도 배는 고팠고, 밥을 먹고 나니 다시 독기가 올랐다. 독일어 책을 폈다. 그때부터 손에는 독일어 단어장이 문신처럼 붙어 있었다. 지하철을 기다릴 때도 이동하는 시간에도 단어를 외우고 문제를 풀었다. 파독 간호사 할머니가 말했던 언어가 힘이라는 문장은 장식이 아니라 존재를 지탱해 주는 지지대였다. 그렇게 몇 개월 뒤 어학원에 등록했고, 1년 뒤 마침내 독일어 B2 시험에 합격했다. 합격증은 단순한 종이가 아니라, 사회로 당당히 걸어 들어가는 통행증이었다.

자존감의 온도

필사로 얻은 자신감을 바탕으로 이번에는 마음속에만 담아두었던 그림을 꺼내기로 했다. 호기롭게 온라인 그림 모임을 만들었다. 하지만 정식으로 배워본 적이 없는 서툰 솜씨로 그린 그림을 내밀어 놓기가 부끄러웠다. 회원들의 격려와 응원에 어설픈 선들이 점점 괜찮아 보이기 시작했다. 그것은 곧 다시 세상을 긍정적으로 바라보는 연습이 되었다.

그 과정에서 인스타툰 「대충 그리는 가족 이야기」가 탄생했다. 아이들의 성장 기록이자 남편에 대한 서운함, 그리고 우울감을 날려버리기 위한 솔직한 고백이었다. 감정을 그림으로 쏟아내자, 상황을 객관적으로 바라보는 힘이 생겼다. 남편을 향한 화가 때로는 지나쳤음을 반성하고, 아이들의 무한한 사랑을 그림 속에서 더 선명하게 발견하기도 했다. 하루 한 컷, 100일 달성을 목표로 시작했던 도전은 500일을 넘기고, 어느덧 햇수로 5년이 되었다.

잘 그려야겠다는 욕심도, 비장한 다짐이 있었던 것도 아니었다. 오히려 대충이라는 단어가 훌륭한 방패가 돼주었다. 아이가 놀이터에서 모래를 뒤집어쓰는 장면, 남편에게 받은 사소한 스트레스를 엉성한 선들로 풀어냈다. 그 선들은 뒤엉킨 감정들을 하나씩 털어놓는 대나무숲이 되어주었다. 혼자만의 외침으로 사라질 줄 알았던 고백들은, 그곳에서 '좋아요'와 댓글이라는 다정한 메아리가 되어 매일 되돌아왔다.

벤치에 앉아 그림을 그릴 때면, 육아에 매몰된 엄마가 아닌, 자기 삶을 기록하는 관찰자가 되었다. 언어가 막히는 날에도 그림으로는 세상에 말을 걸 수 있었다. 그 기록은 뜻밖의 기적을 만들었다. "나도 그래요.", "저도 그런 날이 있었어요." 차가운 베를린에서 받는 공감 한 줄은 어떤 상담보다 마음을 빠르게 치유했다. 댓글 하나에 울컥했고, DM 한 줄을 동아줄처럼 붙잡으며, 고립된 섬이 아닌, 감정의 대피소임을 확인하는 나날이 이어졌다.

루틴은 곧 연대가 됐다. 얼굴 한번 본 적 없지만, 그림이라는 매개체로 서로의 하루를 토닥였다. 화면 위로 떠오르는 하트 모양의 '좋아요.' 알림. 그 사소한 숫자 하나가 쌓일 때마다, 베를린 바닥을 치던 자존감 온도도 1도씩 기분 좋게 미지근해졌다.

그림으로 마음의 근육을 좀 키운 덕분인지, 이제는 그간의 구구절절한 베를린 사연을 활자로 탈탈 털어버릴 소심한 배짱이 생겼다. 그렇게 조심스레 두드린 세상의 문에서 브런치 작가라는 합격증이 날아왔다. 단순히 글 쓸 자격을 얻어서가 아니었다. 너덜너덜해진 자존감이 다시 회복될 수 있다는 머쓱한 안도에 가까웠다. 다시 시작하기에, 그 온기면 충분했다.

#학창_시절에_이렇게_공부했다면
#살기_위한_생존_시간_10분

Episode 4

두 세계의 리듬으로
아이를 키우다

가벼워진 건 마음뿐만이 아니었다. 아이를 바라보는 시선에서도 서서히 힘이 빠졌다. 인내심이란 아이의 손을 놓는 게 아니라 보호자의 불안한 마음을 붙잡는 일이었다. 방임과 존중이 교차하는 두 세계 사이에서 우리만의 적정 온도를 찾아가는 시간.

1.

두 문화 사이에서
배우는 육아

이미 생사가 통제 밖임을 배웠으면서도
미끄럼틀 앞에서 안절부절못하던 모순된 본능
아이의 손을 놓는 게 아니라 보호자의
불안한 마음을 붙잡는 법을 익히는 과정

속도와 기다림의 조율

삶에 거리두기를 선언하고 나니, 아이와의 거리 역시 다시 보이기 시작했다. 갓길 위에서 겪은 공포는 아이를 위해 해줄 수 있는 일이 생각보다 많지 않다는 사실을 뼈아프게 가르쳐주었다. 그래서일까. 독일 놀이터에 발을 들인 그날은 예전과 다른 의미로 다가왔다. 날씨 좋은 여름날, 아이들은 실오라기 걸치지 않은 채, 마치 태초의 풍경처럼 자연의 상태로 물과 모래 사이를 오가고 있었다. 에덴의 동산을 연상케 하는 낯선 광경 앞에 사고 회로는 잠시 정지되었다. 여벌옷과 물티슈, 간식까지 짐을 바리바리 싸 들고 온 모습은 고요한 놀이터에서 홀로 요란해 보였다. 그 빵빵한 가방은 마치 '우리는 이제 막 도착한 이방인입니다.'라고 광고하는 꼴이었다.

독일 부모들은 달랐다. 그들은 아이에게서 기분 좋은 거리만큼 떨어져 벤치에 앉아 책을 읽거나 대화를 나눴다. 아이가 넘어져도 먼저 뛰어들지 않고, 도움을 청하기 전까지 묵묵히 지켜봤다. 누가 더 인내심이 큰지 내기하는 것 같았다. 독일 놀이터의 시설은 '위험천만함' 그 자체였다. 날 선 돌들이 그대로 노출되어 있고, 가파르다 못해 수직에 가까운 미끄럼틀은 성인이 보기에도 다리가 후들거릴 정도였다. 사다리는 어찌나 높은지, 저 위에서 손이라도 미끄러지면 당장 큰 사고가 날 것만 같아 등줄기에 식은땀이 흘렀다. 아이가 높은 곳에 한 발짝이라도 다가서면 "위험해, 안 돼!"라는 말이 반사적으로 튀어 나갔고, 아이의 손을 이끌고 밀어주느라 옷이 먼저 땀에 젖곤 했다.

이미 고속도로 갓길 위에서 아이들의 생사가 통제 밖임을 몸서리치게 배웠으면서도, 여전히 사다리 앞에서 안절부절못하고 있었다. 그날의 불길 앞에서는 한없이 무력했던 주제에, 고작 미끄럼틀 위에서는 대단한 수호신이라도 된 양 아이의 안전을 쥐락펴락할 수 있다는 착각에 빠져 있었다.

부모가 손을 놓은 그 빈자리는 결코 비어 있지 않았다. 아이는 스스로 발을 어디에 디뎌야 할지 고민하고, 제 손아귀의 힘을 믿고 한 칸씩 위로 올라가는 법을 배우고 있었다. 어쩌면 '보호'라는 이름 아래 아이가 스스로 단단해질 기회를 가로막고 있었던 것은 아닐까. 그런 생각이 스칠 무렵, 아이를 붙잡았던 손에서 힘을 빼는 연습을 시작했다. 무심하게 놓인 나무 사다리와 돌 미끄럼틀 위에서 아이들 옷은 몇 분 만에 너덜너덜해졌다. 한국에서 공주 옷을 입고 조심조심 놀던 모습과는 완전히 딴판이었다. 그날 이후 아이들의 옷은 세탁이 편하고 마음껏 뛰어놀 수 있는, 찢어져도 덜 마음 아픈 전투복들로 모두 바뀌었다.

아이를 향한 인내심을 기르는 일은 결국 손을 놓는 게 아니라 마음을 붙잡는 일이었다. 아이가 스스로 해낼 수 있다는 걸 믿는 마음, 그리고 그 믿음이 결과로 나올 때까지 '참을 인(忍)'자를 새기며 견디는 시간. 튀어나오려는 잔소리를 삼키다 보니 어느덧 벤치에 앉아 있는 시간도 조금씩 늘어갔다.

내 눈엔 방임, 그들 눈엔 존중

모든 유치원이 그렇지는 않겠지만, 직접 경험한 독일 유치원은 '아이의 자율성'이라는 이름 아래 때로 당황스러울 정도로 건조했다. 독일 교육의 핵심이라는 '존중'은 이제 겨우 걷기 시작한 만 1세 아이에게도 예외 없이 적용되었다. 유치원에서는 아이가 스스로 의사를 표현하지 않으면 배변 훈련을 강요하지 않았다. 기저귀가 축축해도 아이가 먼저 갈아달라고 '요구'하지 않으면 그대로 두는 식이었다. 낮잠도 마찬가지였다. 졸려 죽겠다는 신호를 온몸으로 보내도, 아이가 직접 침대로 가겠다고 말하지 않으면 굳이 재우지 않았다. 한국식 밀착 돌봄에 익숙한 눈에는 방치와 존중 사이의 아슬아슬한 줄타기처럼 보였다. 그것은 자립심과 독립심을 길러 타

   Episode 4 두 세계의 리듬으로 아이를 키우다

인의 도움 없이도 스스로 할 수 있게 기다려주는 지독한 인내였다. 아이에게는 인생에 정말 필요한 기초 생존 기술을 익히는 훈련 과정이기도 했다.

아이들을 데리러 간 어느 날, 유치원 문 앞에는 이제 막 야생에서 살아온 듯한 자연인들이 서 있었다. 머리는 산발이 되어 헝클어졌고, 얼굴은 꾀죄죄한 흙먼지로 뒤덮여 있었다. 누가 봐도 험난한 하루를 보낸 생존 전문가의 몰골이었다. 한국의 유치원이었다면 당장 관리 소홀로 민원이 들어왔을 풍경 앞에서, 이방인 특유의 예민한 피해의식이 잠시 고개를 들기도 했다. 하지만 아이의 표정을 보는 순간, 의심은 눈 녹듯이 사라졌다. 흙과 물아일체가 된 아이는 세상에서 가장 행복한 미소를 지으며 모래 한 움큼을 머리 위로 뿌리며 말했다.

"엄마, 눈이 와요!"

아이는 타인의 시선이나 옷의 청결 따위는 안중에도 없다는 듯, 자신이 하고 싶은 놀이를 온전히 즐기고 있었다. 신이 나서 오늘 유치원에서 얼마나 재밌었는지 재잘거리는 아이의 꼬질꼬질한 얼굴을 보며 반성했다. 단정한 옷차림보다 중요한 건 아이의 단단한 마음과 자유로운 영혼이었다. 더러워진 옷은 세탁기에 돌리면 그만이지만, 아이가 마음껏 몰입하며 얻은 성취감은 무엇으로도 씻어 낼 수 없는 귀한 경험이기 때문이다.

그럼에도 가끔은 독일의 무심함에 화가 났고, 한국의 과잉에는 숨이 찼다. 극과 극의 육아 환경을 오가며 어느 한 나라의 시스템을 찬양하거나 비판하는 건 의미가 없었다. 독일식 '방임형 존중'과 한국식 '풀 패키지 보호' 사이에서 우리만의 적정 온도를 찾는 것이 먼저였다. 기저귀 발진을 보며 속상해하기보다 요구사항을 더 명확하게 전달하는 '독일식 소통'을 익혔고, 동시에 아이가 스스로 잠드는 힘을 기를 때까지는 한국 엄마 특유의 '밀착된 돌봄'을 병행하기로 했다. 베를린에서의 육아는 정답을 찾는 과정이 아니라 최선의 선을 그어 나가는 조율의 현장이었다. 중요한 건 그럴싸한 교육 철학이 아니라, 아이의 짓무른 엉덩이를 닦아주며 내일의 대책을 세우는 엄마의 현실적인 감각, 그 조율의 과정이 진짜 베를린 육아였다.

과정의 가치를 배우다

독일 생활에서 인내심을 요구하는 또 다른 관문은 유치원 적응 제도인 아인게뵈눙(Eingewöhnung, 적응 기간)이다. 아이가 유치원에 처음 입학할 때 부모가 함께 머무르며 아이가 천천히 기관 생활에 익숙해질 때까지 곁을 지켜주는 방식이다. 한국의 어린이집은 '빠른 독립과 분리'를 미덕으로 여긴다. 아이가 울어도 부모는 냉정하게 뒤돌아서야 하고, 교사는 우는 아이를 안고 달래며 전문성을 증명한다. 독일의 이 느릿느릿한 적응 기간을 마주했을 때, 지나치게 비효율적이라는 생각이 들었다. 보호자가 옆에 있으면 오히려 적응이 더뎌지는 것은 아닐까 하는 우려 때문이었다.

아인게뵈눙은 결코 그냥 같이 있어 주는 시간이 아니었다.

아이가 천천히 교실을 탐색하고 스스로 엄마로부터 거리를 넓혀갈 수 있도록 구석에 앉아 묵묵히 기다려야 했다. 한국에서라면 벌써 아이를 넘기고 집안일하러 갔을 시간이었다. 작은 나무 의자에 끼여 앉아 엉덩이의 배김을 견디는 사이, 머릿속은 이미 수만 가지 경우의 수를 시나리오로 만드느라 분주했다. 아이가 과연 잘 적응할 수 있을지, 지금 보내는 게 정말 맞는 선택인지에 대한 근원적인 의구심이 꼬리에 꼬리를 물었다. 물리적인 대기 시간은 고작 15분 내외였지만, 성공과 실패의 시나리오를 수십 번씩 고쳐 쓰는 동안 체감 시간은 이미 한 시간을 훌쩍 넘고 있었다. 짧은 찰나에 응축된 불안의 밀도는 그만큼이나 높았다. 유치원 복도에서 다른 엄마들과 눈이 마주칠 때면, 우리는 서로의 복잡한 속내를 읽은 듯 말없이 쓴웃음만 지을 뿐이었다.

빨리빨리가 몸에 밴 민족에게 아무것도 하지 않는 투명 인간 놀이는 고문에 가까웠다. 하지만, 이 시간은 아이의 속도를 온전히 믿어주는 태도가 담겨 있었다. 준비되지 않은 아이를 억지로 떠밀지 않았다. 적응이란 단순히 새로운 환경에 익숙해지는 것이 아니라, 낯선 관계 안에서 감정을 이해하고 안전함을 느끼는 과정이었다. 아인게뵈눙의 순서는 교실 앞에서 10분 대기, 15분 대기, 유치원 건물 앞에서 30분 대기까지 점차 시간을 늘려가며 아이의 마음 근육을 키워주는 과정이 이어졌다.

둘째 아이는 거의 한 달 동안 시도했지만, 끝내 10분의 벽을 넘지 못했다. 결국 부모가 아이와 함께 유치원 생활을 같이 시작하라는 특별 처방이 내려졌다. 둘째 아이와 함께 들어선 교실에서 조급함에 아이를 등 떠밀듯 놀이 영역에 가 보라며 아이 손을 이끌었다. 그 모습을 본 선생님이 말했다.

"아이가 스스로 호기심을 갖고 움직일 때까지 아무 말도 하지 마시고 가만히 지켜봐 주세요."

멋쩍은 미소를 지으며 다시 구석으로 물러났다. 얼마나 지났을까. 다른 아이들이 먼저 낯선 동양인 아줌마에게 호기심을 보이며 다가왔다.

"선생님, 이 아이들과 함께 놀아도 되나요?"

"아이들이 원한다면 얼마든지요."

뻘쭘한 상황을 탈피하고 싶어 다가온 아이들과 공놀이를 시작했다. 관찰자 역할을 중시하는 독일 교사들과 달리, 한국식 열혈 선생님 DNA가 발동해 아이들과 몸을 던져 놀아주었다. 아이들은 삼삼오오 모여들었고, 그 시끌벅적한 에너지 속에 둘째 아이도 슬그머니 합류했다. 그렇게 두 달간, 유치원의 비공식 놀이 강사가 되어 영혼을 불태운 덕분에 아이는 유치원이라는 첫 사회에 무사히 안착할 수 있었다.

독일의 육아는 결과보다 과정을, 속도보다 안정감을 믿는 태도였다. 물론 그들의 무심한 방임에 분통이 터지고 한국의 섬세한 손길이 그리울 때가 있다. 독일 교육을 맹목적으로 찬양할 생각은 없다. 하지만 적어도 이 기다림의 가치만큼은 삶의 무기로 챙겨가기로 했다. 느리고, 들쭉날쭉하고 어떤 날은 멈춘 것 같아도 결국은 자라나는 머리카락처럼, 서두른다고 봄이 빨리 오지 않듯 독일 생활도 아이의 성장도 결국은 이 지루한 기다림을 먹고 자란다는 사실을 확인하는 과정이었다.

\# 독일_유치원은_생존_훈련소
\# 너가_행복하면_됐지_뭐

2

금발 숲속의
검은 머리 이방인

정체성 혼란을 겪는 아이에게 보여줘야 할
작아지지 않는 보호자의 당당한 뒷모습
두 개의 세상을 가진 여행자가 되어
자신만의 궤도를 그려 나가는 아이를 향한 믿음

두 언어 속에서 아이를 지키는 말

"엄마는 왜 독일 사람이 아니야?"

맑은 하늘 아래 예고 없이 날아든 아이의 질문이 가슴에 팍 꽂혔다. 이제 막 세상을 배워가는 아이가 마주한 정체성의 혼란이 그 짧은 문장에 함축되어 있었다. 아이는 딱히 부모를 탓하려는 의도가 아니었다. 그저 유창한 독일어를 구사하는 친구들의 부모와 서툰 발음으로 위축된 부모의 뒷모습을 늘 곁에서 지켜본 아이의 순수한 질문이었다.

"왜 그렇게 생각했어?" 망설임 없는 대답이 돌아왔다.

"엄마가 독일 엄마였으면 독일어를 잘했을 텐데, 그치?"

부모의 서툰 독일어와 위축된 어깨가 아이에게 열등감의 씨앗이 되지는 않았을까. 아이의 질문 속에는 '우리는 왜 남들과 다를까'라는 낯섦이 고스란히 배어 있었다. 아이의 눈을 맞추고 천천히, 그러나 흔들림 없는 목소리로 설명했다.

"우리는 한국 사람이야. 그래서 한국어를 잘하는 거지. 지금은 독일에 살고 있으니까, 독일어도 열심히 배우는 중인 거야. 너는 나중에 한국어도 잘하고 독일어도 잘하는 두 개의 세상을 가진 멋진 사람이 될 거야."

숨을 고르며 한 문장을 더 보탰다.

"엄마는 한국어를 잘해. 그리고 독일어도 너랑 같이 열심히 배울 거야."

아이는 잠시 생각에 잠기더니 고개를 끄덕였다. 그 작고 소중한 끄덕임을 확인하고서야 참았던 숨을 길게 내쉬었다.

베를린 초기 생활은 안개 속을 걷는 것 같았다. 큰아이는 만 3세, 둘째는 겨우 돌을 넘긴 아기였다. 당시 베를린의 유치원 자리는 하늘의 별 따기였고, 운 좋게 반년 만에 자리를 구했을 때 감사할 뿐이었다. 한국이었다면 유치원 정보를 샅샅이 훑고 교사의 인상까지 확인했겠지만, 이곳에서는 독일어 한마디 제대로 못 한 채 교실을 잠깐 둘러보는 것만으로 입학을 결정해야 했다. 그것이 용기인지 대책 없는 무모함인지는 나중 문제였다.

둘째가 한 달이 넘도록 10분의 벽을 넘지 못해 고군분투하던 것과 달리, 첫째의 적응은 싱거울 정도로 빨랐다. 등원 일주일 만에 교사는 "더 이상의 적응 기간은 필요 없다"라며 조기 종료를 선언했다. 같은 건물 아래층에는 엄마와 동생이 있고, 자신은 바로 위층 교실에 있다는 사실이 든든한 방어막이 되어준 듯했다. 언제든 계단만 내려가면 엄마를 만날 수 있다는 물리적인 가까움이 아이에게는 보이지 않는 심리적 닻이었을 것이다.

하지만 그것은 착각이었다. 아이들에게 유치원은 낯선 언어, 낯선 사람, 낯선 규칙으로 가득한 거대한 정글이었고, 첫째는 그 정글에서 적응이 아닌 인내를 선택한 것이었다. 평소 그림 그리기를 좋아해 잘 지내는 줄 알았던 큰아이가 어느 날 갑자기 말했다. "이제 그림 그리는 거 싫어." 이유를 묻자, 아이는 덧붙였다. "맨날 혼자 앉아서 그림만 그렸어." 그제야 보였다. 아이는 울지 않았을 뿐, 온 힘을 다해 버텼다는 것을. 아래층에 엄마가 있다는 사실에 기대어, 말이 통하지 않는 아이들 틈에서 유일한 도피처였던 도화지 위에 자신을 가둬두고 있었다. 죄책감이 파도처럼 밀려왔다. 아이를 너무 큰 파도에 밀어 넣은 건 아닐까, 이 모든 것이 엄마의 무모한 욕심이었을까 싶어 밤잠을 설쳐야 했다.

다행히 아이들은 어른의 섣부른 걱정보다 훨씬 영리하고 단단했다. 미안함에 젖어 아이의 눈치를 살피던 며칠 사이, 아이는 정글의 침묵을 깨기 위해 자신만의 방식대로 단어들을 채집하고 있었다. 친구들이 주고받는 소리, 선생님이 가리키는 손짓, 교실 구석구석에 붙은 이름표들. 아이에게 도화지는 더 이상 고립의 섬이 아니라, 낯선 언어를 기록하고 익히는 탐험 지도였다. 얼마 뒤, 아이를 데리러 갔을 때였다. 늘 혼자 그림만 그리던 아이가 함박웃음을 지으며 달려와 자신이 그린 나비를 가리키며 외쳤다.

"엄마, 나 독일어 배웠어. 나비가 슈메탈링(Schmetterling, 나비)이래!"

그 어려운 단어를 알아들었다는 사실이 기뻤던 걸까. 낯선 곳에서 막 알을 깨고 나온 새처럼 외치던 아이를 보며 깨달았다. 도화지라는 고요한 섬에 갇혀있던 그림들이 '슈메탈링'이라는 언어를 입고 비로소 현실의 하늘로 날아오르고 있었다. 아이는 그렇게 스스로 도화지 밖으로 걸어 나와, 용기 있는 발걸음으로 자신만의 리듬을 찾아가고 있었다.

세상의 문턱에서 아이가 작아지려 할 때, 보호자가 먼저 작아지지 않는 당당한 뒷모습을 보여줘야 한다는 것을 그때 배웠다. 낯선 땅에 뿌리를 내리는 과정은, 아이를 둘러싼 풍경들이 아이의 속도를 기다려준 덕분이기도 했다. 매일 숨 가쁘게 오가던 놀이터와 유치원이 건네던 묵직한 가르침이 보이기 시작했다. 속도가 아니라 기다림, 결과보단 과정을, 그 흔들림 속에서도 아이를 믿어주는 태도. 이 태도는 아이뿐만 아니라 다시 세상 밖으로 나가려는 발걸음에도 가장 필요한 무기가 되어주었다.

가끔 아이들이 "한국 가서 살고 싶어"라고 말할 때가 있다.

"한국에 살면 한국어로 편하게 말할 수 있잖아"라는 지극히 현실적인 대답이 돌아온다.

외국어라는 환경 속에서 아이들은 매일 보이지 않는 언어의 중력을 견디며 성장하는 중이었다. 그것은 안쓰러운 희생이라기보다, 두 개의 세상을 동시에 항해하기 위해 치러야 하는 일종의 통행료 같은 것이었다. 아이가 어디에 있든,

어떤 언어를 쓰든 자신을 결핍의 존재로 인식하지 않게 하는 것이 무엇보다 중요했다. 남들과 '다르다'라는 감각을 부족함이 아닌, 두 개의 언어와 문화를 '덤으로 가졌다'라는 식의 뻔뻔한 자부심으로 갈아 끼우기로 한 배경이다. 뻔한 설명 대신 작아지지 않는 보호자의 당당한 뒷모습을 보여주는 것. 그것이 낯선 땅에서 아이의 정체성을 지탱하는 가장 실용적인 방패이자 확실한 장치였다.

두 세계가 완전히 하나로 합쳐지기 전까지, 종종 묘한 제3의 언어가 피어오르기도 했다. 한 문장에 두 나라의 단어가 절묘하게 뒤섞인 이 언어는 가족끼리만 공유하는 암호 같았다.

아이의 독일어가 급성장하던 시기가 있었다. 아이는 한국어 단어에 독일어 특유의 높낮이와 악센트를 입히기 시작했다. 한국어의 뼈대에 독일어의 외투를 입은 듯한 변종 발음들. 어느 날, 아이가 그림책 속 동물을 가리키며 말했다.

"엄마, 여기 고rrrr래야!"

목구멍 깊숙한 곳에서 굴러 나오는 독일어의 'R' 발음이 맑아야 할 한국어 발음을 지우고 있었다. 혀끝이 입천장에 닿지 못한 채 공중에서 겉도는 그 소리는 더 이상 알고 있던 '고래'가 아니었다. 버터가 잔뜩 올라간 혀를 제자리에 돌려놓기 위해 조급한 마음을 누르고 입 모양을 또박또박 가르치는 언어 교정의 시간이 이어졌다.

"아니, '고rrrr래'가 아니야. '고. 래.' 한국어는 혀끝을 정확히 움직여야 해. '알~' 하고 굴리는 게 아니야. 자, 다시 해봐. '고. 래'."

모국어라는 든든한 닻이 있어야만 독일이라는 거친 바다를 당당히 헤엄칠 수 있을 거라 믿었기에, 발음 하나에도 마음을 쏟았다. 뜻밖에도 전 세계를 멈춰 세운 코로나19는 모국어에 집중할 수 있는 예상치 못한 기회가 되었다. 학교와 유치원이 문을 닫고 집 안에 머물게 되자, 아이의 세상은 다시 한국어로 가득 찼다. 조급함을 내려놓고 아이와 눈을 맞추며 보낸 그 고요한 시간 속에서, 아이의 언어 세계는 아이만의 속도로 천천히 확장되고 있었다. 물론 성장은 계단을 오르듯 매끄럽게만 이어지지는 않았다. 두 세계의 언어가 머릿속에서 서로 먼저 나가겠다고 복작거리는 통에, 입 밖으로 나오려던 단어들이 출구에서 엉켜버리는 유쾌한 정체가 일어나기도 했다. 아이가 가장 쉬운 단어 앞에서 멈칫하는 순간은, 언어를 잊은 게 아니라 두 나라의 말을 분주하게 고르고 있다는 가장 역동적인 증거였다.

잊어버린 단어를 찾기 위해 독일어로 설명하는 아이를 보며 더 이상 당황하지 않는다. 아이는 결핍을 겪는 것이 아니라 두 세계 사이의 틈을 메우기 위해 자신만의 다리를 놓는 중임을 알기 때문이다. 그 믿음이 확신으로 바뀐 건 어느 평범한 하원 길이었다. 담임 선생님이 다가와 말했다.

"안녕하세요, 오늘 제가 아이에게 아주 특별한 걸 배웠어요." 그러더니 선생님은 손가락을 하나씩 꼽으며 또박또박 한국어로 숫자를 세기 시작했다.

"하나, 둘, 셋, 넷, 다섯!"

서툰 악센트였지만 분명한 우리말이었다. 독일 유치원 한복판에서, 독일인 선생님의 입을 통해 흘러나오는 한국어 숫자를 듣는 순간 귀를 의심했다. 가슴 속 어딘가 뜨거운 감정이 울컥 올라왔다. 말이 서툰 아이가 유치원에서 그저 눈치만 보며 조용히 지내고 있는 건 아닐까 늘 노심초사했었는데, 아이는 눈치를 보며 지내는 이방인이 아니라, 자신이 가진 고유의 문화를 당당히 나누어줄 수 있는 작은 외교관이 되고 있었다. 유치원 문을 나서며 아이의 작은 손을 평소보다 꽉 맞잡았다. 손바닥을 타고 전해지는 온기가 오늘따라 유독 든든하고 대견했다. 아이는 이제 두 언어 사이를 헤매는 미아가 아니었다. 아무도 모르는 사이 두 세계를 자유롭게 넘나드는 작은 여행자가 되어, 오롯이 자신만의 궤도를 뚜벅뚜벅 그려 나가는 중이었다.

보호와 존엄

베를린에서 엄마로 산다는 건, 이정표 하나 없는 길 위에서 홀로 지도를 그려 가는 일이다. 특히 병원 문턱을 넘어야 할 때면 며칠 전부터 심장이 쪼여 왔다. 보험 카드를 챙기지 못해 아픈 아이를 안고 문전박대당했던 그날의 실수를 반복하지 않으려, 며칠 전부터 가방 속 카드를 몇 번이고 확인한다. 그리고 접수처 앞에 서자마자 보험 카드를 통행증처럼 내민다. 아직 언어가 되지 않았을 때도, 무슨 무모한 용기였는지 통역도 없이 몸으로 부딪쳤다. 그래야 언어도 는다고 생각했다.

"구텐 탁(Guten Tag, 안녕하세요)" 직원이 무언가를 길게 말했다.

알아듣지 못한 채 고개를 끄덕였고, 더듬거리며 예약 문자를 화면에 띄워 보여줬다.

"테어민… 호이테(Heute, 오늘)."

직원은 화면을 보고 또 뭐라고 말했다. 이해하지 못한 채 "야(ja, 네), 야(ja, 네)…" 하며, 자리에 앉았다. '야, 야'는 독일에서 자주 쓰는 말 중 하나였는데, 그게 한국에서의 '네네'처럼 공손한 맞장구는 아니었다. 알았으니 그만하라는 일종의 회피였다. 예약했어도 한 시간은 기본이었다. 대기실 의자에 앉아 목에 힘이 들어간 채로 기다렸다. 진료실 문이 열리고, 진료실 안으로 들어갔다. 의사 선생님이 무언가를 설명했다. "오늘은 원래 예정된 접종이 있고요…"

그 말에 고개를 끄덕이며 알고 있다는 표정을 지었다. 그런데 갑자기 의사가 말을 덧붙였다.

"그리고 하나 더 맞아야 해요. 필수 예방접종이에요."

그 순간부터 귀가 멍해졌다. '하나 더.' '필수.' 그 단어들만 머리에 둥둥 떠다녔다. 무슨 접종인지, 왜 추가되는지, 오늘 꼭 해야 하는 건지, 그 뒤의 문장들은 안개처럼 흩어졌다. 습관적으로 핸드폰을 만졌지만, 진료실 안은 신호가 약했다. 데이터는 야속하게 터지지 않았다. 간호사가 접종 트레이를 준비하고 있었다. 투명한 포장지 소리, 장갑이 비벼지는 소리. 바늘이 등장하는 순간, 목구멍이 바짝 말랐다. '잠깐만요' 라고 말해야 하는데, 그 말을 독일어로도 영어로도 즉시 꺼낼 수가 없었다. 머릿속 말들은 줄을 서지 않고 우르르 부딪히기만 했다. 초조함을 숨기려다 울상이 된 채, 엉성한 독일어로 물었다.

"알레스 오케이(Alles ok, 괜찮아요)?"

묻고 나서도 부끄러웠다. 아이에게 주사를 맞히는 순간에 고작 할 수 있는 말이 그것뿐이라니. 무모했던 자신감은 순식간에 자책으로 변했다. 의사는 얼굴을 보더니 잠깐 말을 멈추고 접종 표를 펼쳐 보였다. 손가락으로 오늘 날짜와 접종 칸을 짚으며 천천히 말했다.

"괜찮아요. 원래 일정이에요. 추가로 해야 하는 거예요."

완전히 이해하지 못했지만, 안도하는 표정부터 지었다. 언어보다 표정에 먼저 매달릴 수밖에 없는, 의구심과 불안이 뒤섞인 위태로운 안심이었다. 할 수 있는 건 고개를 끄덕이는 일이었다. 아이는 울었고, 접종은 순식간에 끝났다. 그 과정이 너무 빨라 동의한 것인지, 떠밀린 건지조차 분간되지 않았다.

집에 돌아오자마자 접종 수첩부터 펼쳤다. 현관문이 제대로 닫혔는지 확인할 틈도 없이, 아이 옷을 갈아입히기도 전에, 접종 스티커에 적힌 이름을 그대로 인터넷 검색 창에 입력했다. 철자가 맞는지도 모르는 채 몇 번이나 지우고 다시 입력했다. 화면에 설명이 떴다. '권장'이 아니라 '필수'였다. 위험한 것이 아니라, 당연히 해야 하는 예방접종이었다.

그제야 숨이 트였다. 안심이 되면서도 동시에 한없이 바보 같았다. 어떤 접종인지도 모르고, '괜찮다'라는 표정 하나에 기대어 아이를 맡겨 버린 스스로가 한심했다. 이상한 접종이 있을 리 없는 데도 마음은 의심을 멈추지 못했다. 엄마니까 해야 했지만, 엄마라서 더 무서웠던 시간이었다.

불통이 남긴 생채기는 병원 문턱을 넘는 방식을 완전히 바꾸어 놓았다. 주머니 속에는 미리 적어둔 질문들이 적힌 종이가 무기처럼 들려 있고, 입술 위에는 행여나 놓칠까 봐 수십 번 되뇐 문장들이 맺혀 있다. 의사의 답변이 허공에 흩어질 때면 당당하게 적어달라고 요청하거나, 이해한 게 맞는지 몇 번이고 확인하는 힘겨운 용기를 낸다. 준비되지 않은 답변을 억지로 삼키기보다, 예약을 미루고 돌아와 다시 공부하는 번거로움을 기꺼이 감수하기 시작했다. 조금 늦더라도, 상황을 모른 채 무기력하게 고개를 끄덕이며 자신과 아이의 존엄을 방치하는 일만은 다시는 반복하고 싶지 않았기 때문이다.

작아지지 않는 엄마, 당당한 아이

낯선 땅에서 부딪히며 얻은 깨달음은 질문의 방향을 바꾸어 놓았다. 아이에게 무엇을 가르치고, 어떤 뒷모습을 남겨 줄 것인가. 이곳에서의 육아는 단순히 외국어를 실력을 키워주는 일이 아니었다. 그보다 시급한 건 생존 디폴트 값을 함께 설정해 나가는 과정에 가까웠다. 테어민이 없다는 이유로 환자를 밀어내는 병원의 냉담함이나, 놀이터에서의 무례한 시선들 사이에서 아이의 손을 꼭 붙잡아야 했던 시간들은 뒤늦은 깨달음을 남겼다.

이곳에서 아이에게 가장 필요한 건 완벽한 독일어도, 빠른 적응력도 아니라, 어떤 상황에서도 함부로 취급당하지 않아도 되는 존재라는 믿음, 그리고 누군가 그 존엄을 지켜주려

고 끝까지 버티고 서 있다는 실질적인 증거였다. 결국 보호
자로서 아이에게 전수해야 할 것은 긍정의 씨앗이라는 거창
한 명분보다 어떤 순간에도 스스로를 끝까지 지켜낼 수 있는
단단한 자아의 근육이었다.

말을 알아듣지 못할 때 초라하게 고개를 숙이지 않는 것,
아이 앞에서 "괜찮아, 엄마가 있어"라고 뱉은 말을 표정과 몸
짓으로 끝까지 책임지는 것. 아이는 설명보다 공기를 먼저
읽는 고성능 센서를 가졌기 때문이다. 보호자가 흔들리면 아
이는 진동을 느끼고, 보호자가 작아지면 아이는 즉각 셧다운
모드에 돌입한다.

완벽한 문장을 내뱉지 못해도 상관없었다. "잠깐만요, 이
해가 안 돼요. 다시 말해 주세요." 조금 뻔뻔하게 말하는 모
습. 비록 발음이 엉망일지언정 쫄지 않고 제 할 말을 끝까지
뱉어 내는 퍼포먼스는 아이에게 보여줄 수 있는 가장 살아
있는 생존 교육이었다. 유치원이라는 낯선 정글에 던져진 아
이가 슈메탈링이라는 단어 하나를 입 밖으로 꺼내기 위해 수
천 번의 침묵을 삼키며 데이터를 수집하던 시간들. 그 고독
한 고치의 시간을 견디고 마침내 스스로 파도를 넘기 시작한

아이를 보며, 보호자 역시 작아지지 않는 당당한 뒷모습을 유지해야 한다는 확실한 생존 전략을 얻었다.

다만 그 뒷모습을 빳빳하게 세우는 데는 생각보다 비싼 에너지가 소모되었다. 아이에게 "괜찮아"라는 주문을 수만 번 외우는 사이, 정작 보호자의 정신력에도 유통기한이 있다는 사실을 간과하곤 했다. 보호라는 옵션은 아이에게만 필요한 전유물이 아니었다. 주력 엔진이 과부하로 멈춰버리면 가족이라는 시스템 자체가 마비된다는 사실을 베를린의 혹독한 겨울을 관통하며 뒤늦게 접수했다.

이방인의 서러움이 얼굴에 고착되기 전에 챙겨야 할 것은 타인의 시선이 아닌 정신 줄 관리였다. 외출 전 보험 카드를 챙겼는지 확인하듯, 무너지지 않을 정도의 평정심이 장착되었는지 수시로 점검했다. 문법은 좀 틀려도 기세는 꺾이지 않겠다는 뻔뻔함. 말이 서툴러도 당당할 권리는 사라지지 않는다는 그 확신이야말로 낯선 땅에서 아이와 자신을 동시에 지켜낼 유일한 방패였다.

경력 단절처럼 보였던 그 시간은 사실, 그 어떤 교실에서도 배울 수 없었던 가장 치열한 인생 현장 실습이었다. 타인

의 외로움에 공감하고, 말이 통하지 않는 극한의 상황에서도
평정심이라는 컨트롤러를 작동시키며, 하루 10분의 틈을 내
어 자신을 재부팅하는 법을 익혔다. 그렇게 이전보다 훨씬
단단한 실전형 인간이 되어가고 있었다. 이제는 거실 벽에
붙여둔 포스트잇을 넘어, 진짜 세상의 문을 두드릴 차례였
다. 손에는 여전히 서툰 독일어 이력서가 들려 있었지만, 마
음의 무게감은 예전과 달랐다. 오랫동안 비워두었던 '나'라는
이름을 다시 써넣기 위해 조용히 운동화 끈을 묶었다. 베를
린의 긴 겨울이 끝나가고 있었다.

#놀이터_온도차_방임_기다림_그_중간_어딘가
#우리만의_세상을_다시_만들어_가는_시간

Episode 5

엄마 대신 이름으로
불린 시간, 반격의 준비

말 못 하는 이방인에서 다시 강의실에 서기까지, 이름표 옆에 비워둔 공간을 채우는 시간. 밤마다 코피를 쏟으며 써 내려간 성적표는 타지에서 자신을 지켜내기 위한 증명서였다. 맨땅에 던진 이력서 한 장이 가져다준, 잃어버린 존재의 쓸모를 확인하는 우아한 반격.

1.

밤의 공부,
바이터빌둥(Weiterbildung)

바보가 될지언정 결과물은 포기할 수 없었던,
말 못 하는 이방인의 팽팽한 오기
지저분하게 뻗치는 머리카락을 견디듯
원하는 모양을 잡기 위해 인내하는 시간

코피로 쓴 성적표

독일어 시험에 통과했을 때만 해도 세상을 다 얻은 것 같았다. 하지만 그 달콤한 자신감은 현실이라는 벽 앞에 서자마자 산산조각 났다. 한국에서의 학력과 경력이 독일에서 정교사라는 이름표로 환전되기 위해서는 C1이라는 아득한 언어의 마지막 관문을 넘어야 했다. 당장 생존이 급한 이방인에게 그곳은 맨몸으로 오르기엔 너무 높은 절벽이었다. 결국 현실적인 우회로를 택했다. C1이라는 벽을 돌아가기 위해 바이터빌둥(Weiterbildung, 직업 교육)을 거쳐 유치원 보조교사 자격증을 먼저 손에 넣기로 한 것이다. 그렇게 이민자와 난민들 틈에서 9개월 동안 주 5일, 하루 8시간을 버텨야 하는 강행군이 시작되었다.

설레는 마음으로 들어선 강의실 첫날부터 정신이 혼미해졌다. 단 한 문장도 알아듣지 못해 머릿속이 하얗게 비어버렸다. 시험을 위해 공부한 독일어와 실제 수업에서 쏟아지는 독일어는 완전히 달랐다. 혼자만 빼고 모두가 유창해 보였고, 집으로 도망치고만 싶었다. 하지만 쉽사리 포기할 수도 없었다. 출석 시간을 정확히 채워야 국비 지원이 유지됐기에, 울며 겨자 먹기로 끝까지 다녀야만 했다.

진짜 전쟁은 수업이 끝난 뒤부터였다. 수업 종료와 아이들의 하원 시간이 교묘하게 맞물린 탓에 매일이 숨 막히는 추격전이었다. 수업이 끝나자마자 지하철을 타고 뛰어도, 30분 안에 도착하는 건 물리적으로 불가능했다. 큰 아이는 담임 선생님께 양해를 구할 수 있었지만, 유치원은 단 1분의 자비도 없었다. 픽업 시간에 늦지 않으려고 뛰어가다가 지하철 계단에서 넘어지며 무릎이 까진 날도 있었다. 두꺼운 바지 위로 피가 나는데도 멈출 새도 없이 다시 뛰었다. 어느 날 하원 길, 아이가 울먹이며 툭 던진 한마디가 가슴에 얹혔다.

"엄마, 나만 맨날 꼴찌야."

그 말은 픽업 전쟁의 피로도보다 훨씬 묵직하게 다가왔다.

도대체 무엇을 위해 이토록 달리는 걸까. 거대한 바다 한가운데서 필사적으로 노를 젓고는 있지만, 정작 제자리만 맴도는 기분이었다. 누군가의 구조 없이는 이 표류가 끝나지 않을 것 같은 막막함이 발끝부터 차올랐다. 하지만 노를 놓을 수는 없었다. 스스로와 맺은 약속이, 그리고 무엇보다 곁에서 함께 버텨주는 아이들이 이 항해의 유일한 명분이었기 때문이다.

거울 속의 머리는 이제 제법 자라나 삐죽삐죽 사방으로 뻗어 있었다. 삭발했을 때의 마음은 사라지고, 이도 저도 아닌 지저분한 길이만큼이나 마음도 산만했다. 이 지저분한 시간을 견뎌야만 다시 원하는 모양을 잡을 수 있다는 것을 자라나는 머리카락을 보며 매일 되새겼다.

매일 밤 아이들을 재우고 노트북을 켰다. 머릿속은 이미 과부하로 하얬다. '이걸 왜 시작했을까?' 하는 후회는 결론 앞에서 매번 무력해졌다. 그래도 오늘은 넘기자. 그렇게 공부는 일주일이 아니라 하루 단위의 생존으로 이어졌다. 잘하게 될 미래는 멀게만 느껴졌으나, 오늘을 넘기면 내일이 온다는 사실 하나를 밧줄처럼 붙들고 다시 책상 앞에 앉았다.

꾸역꾸역 궁둥이를 붙였던 건 단순히 과정을 마쳐야 한다는 의무감 때문만은 아니었다. 그 시기 자존심은 엉뚱한 방향으로 향해 있었다. 수업 시간에 유창하게 발표하진 못해도, 과제와 필기시험만큼은 최고 점수를 받겠다는 오기였다. 수업 흐름을 놓쳐 멍하니 있는 바보 같은 사람이 될지언정, 결과물조차 형편없는 사람으로 낙인찍히기는 죽기보다 싫었다. 그것이 말 못 하는 이방인이 팽팽한 긴장감이 흐르는 강의실에서 최소한의 존재감을 지켜낼 유일한 방식이었다.

학창 시절에도 나지 않던 코피를 쏟았다. 과제 제출일이나 시험이 있는 날이면 잠든 아이들 옆에서 노트북을 켜고, 영혼의 마지막 한 방울까지 탈탈 털어 넣었다. 다행히 성적표는 그 노력을 모른 척하지 않았다. 그러나 해냈다는 안도감은 잠시였고 뿌듯함 역시 오래가지 않았다. 곧이어 다음에도 반드시 해내야 한다는 강박이 숨통을 조여왔다. 과제 마감과 아이의 병치레가 겹친 날이면 집 안에서도 숨이 가빠졌다. 낮에는 강의실에서 말 한마디 못 해 투명 인간이 되었다가, 밤에는 완벽한 과제물을 만들어 내려 영혼을 갈아 넣는 완벽주의자가 되는 숨 가쁜 이중생활이었다. 존재를 증명해 내기

위한 눈물겨운 몸부림의 시간이었다. 그렇게라도 하지 않으
면 정말로 이 사회에서 쓸모없는 이방인이 될 것만 같았으니
까.

딱 한 문장이 준 전율

변화는 아주 사소한 순간에 왔다. 수업 중 선생님이 툭 던진 한 문장이 머릿속에서 통째로 번역 없이 이해되었다. 그 전율에 언어라는 거대한 안개가 걷히는 기분이었다.

그해 유치원 엘턴아벤트(Elternabend, 학부모 모임)에서, 처음 독일어로 자기소개를 감행했다. 문장은 짧았고 발음은 엉망이었다. 솔직히 말하면, 소개라기보다 용기 테스트에 가까웠다. 더듬더듬 말을 끝내자, 선생님이 환하게 웃으며 책상을 두드려주었다. 주먹으로 책상을 똑똑 두드리는 독일식 박수 세례이다.

서툰 소통의 시도가 받아들여졌을 때, 차갑게 얼어붙었던 마음 한구석이 온기를 되찾았다. 완벽해서가 아니라, 어떻게든 소통하려고 노력했다는 사실을 누군가 알아봐 준 것 같아 고마웠다. 삶의 기준은 더 단순해졌다. 유치원 선생님과 아이 얘기를 한 문장이라도 주고받는 것, 병원에서 필요한 단어를 겨우 찾아내는 것. 그 정도면 충분했다.

파독 간호사 할머니가 말했던 언어가 힘이라는 문장이, 그제야 뼈저리게 와닿았다. 언어는 똑똑하게 보이게 해 주는 장식이 아니라, 사람으로 서 있게 해 주는 지지대였다.

오늘도 그 지지대를 한 단어씩 다시 세우고 있다. 언어가 조금씩 열리자 도망치고 싶던 삶은 어느새 버티며 붙드는 삶으로 바뀌었다. 그 바뀐 자세는 결국 하루의 구조를 바꾸고 있었다. 공부는 이제 의지의 문제가 아니라, 생존의 문제가 되어가고 있었다.

2.

다시 교실로
가는 길

존재의 쓸모를
증명하기 위해 던진 이력서
배움의 공포를 아는 자만이 건넬 수 있는
공감의 힘으로 다시 준비하는 반격

보조교사와 정교사 사이의 갈등

자격증만 손에 넣으면 베를린의 문이 활짝 열릴 줄 알았다. 적어도 다음 계단으로 올라갈 수 있는 튼튼한 디딤돌 하나는 마련했다고 믿었다. 하지만 현실은 고요했다. 아침마다 아이들을 기관에 보내고 돌아온 집안의 적막함은 더 깊은 불안으로 밀어 넣었다. 그 조용함이 마치 '그래서 이제 뭘 할 건데?'라고 묻는 것 같았다. 무엇을 위해 그렇게 밤을 새워가며 독일어와 사투를 벌였는지, 공들여 해낸 일이 사실은 고작 과정 하나 끝낸 것에 불과했다는 자각이 허무하게 밀려들었다.

멈춰 서 있을 수만은 없어 보조교사로 지원을 시작했다. 면접의 기회는 꾸준히 주어졌지만, 결론은 늘 원점이었다. C1 어학 증명을 따서 정교사로 일하라는 것. 독일의 시스템은 생각보다 예리했다. C1이라는 정공법 대신 보조교사라는 우회로를 택한 소박한 꼼수를 단번에 알아채고는 제대로 된 자격이라는 입구 컷을 내밀었다. 그렇게 할 수 있는 실력이 었으면 애초에 돌아가지도 않았을 텐데, 세상 참 팍팍하다는 생각이 절로 들었다.

실제 현장을 확인하기 위해 연방 자원봉사(BFD) 제도를 활용해 유치원 업무를 시작했다. 주로 사회 경험이 없는 대학생들이 진로를 탐색할 때 거치는 과정이라 보수는 교통비 수준이었지만, 어디라도 소속되어 있다는 안도감이 절실했다. 하지만 막상 들어선 교실에서 마주한 건 자격의 등급보다 더 근본적인 역할의 괴리였다. 순수한 아이들과 눈을 맞추는 시간은 즐거웠지만, 교사에게 언어는 곧 생명이었다. 풍부한 어휘로 아이들의 세계를 넓혀줘야 할 교사의 독일어가 아이들 수준보다 낮다는 사실은 매 순간 고민의 불씨가 되었다.

어느 날 한 아이가 종이와 연필을 들고 와 천진하게 물었다. "선생님, 우리 이모 이름 좀 써주세요!" 순간 머릿속이 하얗게 비었다. 아이가 말하는 이모의 이름 철자를 확신할 수 없었기 때문이다. 펜을 쥔 손끝이 머뭇거렸다. 선생님이라

불리는 사람이 고작 이름 하나의 스펠링 앞에서 쩔쩔매는 상황은, 자격지심을 떠나 교육자로서 최소한의 자존심이 허락하지 않는 장면이었다.

준비되지 않은 언어로 아이들 앞에 서는 것이 과연 옳은 일인지 그리고 이 정도의 처우를 감내할 수 있는지 스스로에게 끊임없이 되물어야 했다. 결국 유치원 문을 나서며 과거의 그림자를 내려놓기로 했다. 불안정한 교사의 이름표를 붙잡으려 애쓰는 대신, 스스로 납득할 수 없는 자리에 서 있는 비겁함을 멈추기로 한 것이다.

그것은 패배 선언이 아니라, 전략적 후퇴였다. 속도는 더디더라도 어떻게든 버티기만 하는 사람이 아니라, 스스로에게 떳떳하게 준비된 사람으로서의 길을 찾고 싶었다.

비밀스러운 반격

낮에는 독일어 강의실에서 꿔다 놓은 보릿자루가 되어 자존감을 한 조각씩 깎아 먹혔다. 하지만 밤이 되면 풍경은 반전되었다. 모두가 잠든 거실, 노트북의 푸르스름한 불빛 아래서 두 개의 전선이 동시에 펼쳐졌다. 내일 제출해야 할 독일어 과제 옆에 한국어 교원 자격증 강의 창을 나란히 띄워두는 무모한 이중생활이 시작된 것이다. 낮에는 독일어에 영혼을 털리고, 밤에는 한국어에 남은 기력을 쏟아붓는 날들이 이어졌다. 다시 하라면 절대 못 할, 말 그대로 남은 수명을 끌어다 쓰는 야간작업이었다.

이대로 침묵하며 지낸다면 독일 사회에서 대사 없는 행인으로 남을 게 뻔했다. 늦은 나이에 다시 3년의 아우스빌둥

(Ausbildung, 직업 훈련)에 몸을 던지기엔 남아 있는 젊음의 잔액이 그리 넉넉하지 않았다. 가장 빠르고 가성비 좋은 우회로가 필요했다. 이 땅에서 유일하게 우위를 점할 수 있는 강력한 무기인 모국어를 팔아보자는 영리하고도 현실적인 반격의 서막이었다.

유치원 봉사자 시절, 아이가 내민 종이 위 철자 하나 제대로 고쳐주지 못해 당황하던 기억은 교육자로서 마지막 자존심에 깊은 스크래치를 남겼다. 베를린이라는 무대 위에서 소품처럼 전락했다는 위기감은, 모국어를 날카로운 칼로 갈아 다시 교단 근처라도 가보겠다는 비밀스러운 야심으로 이어졌다.

역설적으로 단어 하나가 입안에서 맴돌 때의 답답함과 문법이 꼬여 등 뒤로 식은땀이 흐르던 수치심은 한국어를 가르치기 위한 최고의 자원이 되었다. 이제는 단순히 지식을 전달하는 기술자가 아니라, 배움의 공포 앞에 선 이들의 마음을 읽어주는 공감형 조력자가 될 준비가 되어가고 있었다.

교실의 언어와 대상은 바뀌겠지만, 누군가의 성장을 돕는다는 교육의 본질은 변하지 않을 것이라는 확신이 들었다.

낮 동안 깎여 나간 자존감을 밤의 이중 공부로 이어 붙이며,
그렇게 베를린이라는 차가운 무대 위로 던질 이력서 한 장을
조용히 갈고 닦는 중이었다.

맨땅에 던진 이력서

베를린의 차가운 공기와 대조적으로 한국어에 대한 시장의 온도는 제법 뜨거웠다. 독일어라는 높은 진입 장벽 앞에서는 매일 오작동을 일으키는 이방인이었으나, 한국어라는 고사양의 무기를 이미 기본 옵션으로 탑재하고 있다는 사실은 생존의 지형을 바꾸는 기막힌 타이밍이었다.

글이 세상에 가 닿고 누군가에게 인정받는 경험은 무너졌던 자존감에 단단한 뿌리를 내려주었다. 여전히 '무언가 해낼 수 있는 사람'이라는 자각이 싹트자, 잔뜩 움츠러들었던 어깨에도 조금씩 힘이 실렸다. 9개월간 치열하게 매달렸던 바이터빌둥과 유치원 현장에서 마주한 깨달음은 명확했다. 서툰 언어로 버티는 자리에 머물며 자괴감을 견디기보다, 가장 익숙한 밑천인 모국어를 활용해 승부수를 던지는 편이 실속 있는 생존 전략이라는 확신이었다.

다행히 독일어 실력은 강행군 덕분에 생애 가장 높은 고점에 도달해 있었다. 지금을 놓치면 어렵게 익힌 언어들은 신기루처럼 증발해 버릴 게 뻔했다. 다시는 일을 구할 엄두조차 내지 못할 거라는 위기감이 등을 거세게 떠밀었다. 물이 들어왔을 때, 어떻게든 노를 저어야 했다.

독일어도 완벽하지 않은 상태로 어떻게 한국어를 가르칠 것인가라는 질문에는 생각의 관점을 전환했다. 가르치는 자의 권위 대신, 이방인으로서 느꼈던 배우는 자의 절박함에 집중하기로 했다. 정답을 주입하기보다 말이 막혀도 기다려 주는 분위기, 틀려도 웃으며 다시 입을 떼게 만드는 공기. 낯선 땅의 이방인으로서 가장 원했던 수업의 온도를 이제는 직접 구현해 볼 차례였다.

먼저 집에서 가까운 시민대학(VHS)의 문을 두드렸다. 채용 공고나, 인맥은 없었지만 상관없었다. 곧장 외국어 담당자의 이메일 주소를 찾아내 이력서와 자기소개서, 강의계획서까지 가능한 모든 자료를 꼼꼼하게 준비했다. 유창한 말솜씨보다 정제된 서류의 힘을 믿어보기로 했다. 보내기 버튼 위에서 한참을 망설이던 손끝이 마침내 클릭을 마쳤다. 이력서는 베를린 전산망 어딘가로 날아갔고, 수습은 미래의 몫으로 남겨두었다. 느린 행정으로 악명 높은 독일에서 이틀 만에 거짓말 같은 답장이 도착했다. 내일 당장 만날 수 있느냐는 한 문장이 침묵을 뚫고 들어왔다.

면접 날 아침 거울 앞에 서서 제법 길어진 머리를 정돈했다. 베를린의 겨울을 온몸으로 받아냈던 까칠한 삭발 머리는 어느새 어깨에 닿는 단정한 모양새가 되었다. 앙상했던 두피 위로 촘촘하게 차오른 머리칼처럼, 자존감도 그만큼의 밀도로 단단해져 있었다.

면접장에서 꺼낸 비장의 무기는 한국어로 작성된 12회기 강의계획서였다. 전략은 명확했다. 서류는 가장 한국적인 언어로 보여주되, 그 내용은 준비한 독일어로 설명하는 방식, 완벽하지 않은 외국어로도 핵심을 전달할 수 있다는 것을 현장에서 직접 증명해 보이는 것이 전략이었다.

담당자는 계획서를 흥미롭게 훑더니 이내 휴대전화로 사진을 찍어 구글 번역기를 돌리기 시작했다. 그 모습을 보는 순간, 팽팽하던 긴장의 끈이 탁 풀리며 미소가 새어 나왔다. 낯선 언어 앞에서 식은땀을 흘리며 번역기를 돌리던 어제의 모습이 담당자의 얼굴 위로 겹쳐 보였기 때문이다. 입장만 바꾸면 누구나 이방인일 뿐이라는 사실을 확인한 순간이었다.

전략은 통했다. 담당자는 준비성과 전문성을 높게 평가했고, 실제 수업 참관에서 "한국어를 전혀 모르는데도 이해가 되고 재미있다."라는 찬사를 남겼다. 맨땅에 헤딩하듯 던진 이력서 한 장은 그렇게 합격이라는 결실로 이어졌다. 프리랜서 시간강사라는 소박한 타이틀이었지만, 사회에 다시 필요한 존재가 되었다는 사실만으로 벅차올랐다. 말 한마디에 울고 웃던 날들, 아무도 없는 부엌에서 혼자 삼키던 새벽의 눈물들이 주마등처럼 스쳐 지나갔다. 누군가의 엄마가 아닌 온전한 이름으로 불리던 날, 잃어버린 줄 알았던 존재의 빛이 다시 감지되었다. 베를린은 여전히 낯설었으나, 이곳에서 이름을 다시 찾는 일은 더 이상 불가능한 미션이 아니었다.

입장_바뀌니까_답답하죠?
입장만_바꾸면_우리_모두_이방인

Episode 6

불안 대신
방향을 선택하다

엄마라는 역할이 삶을 가두는 천장이 아닌, 삶을 지탱하는 기둥임을 인정하는 과정. 강사의 원고와 아이의 식단표 사이에서 기꺼이 흔들리며 잡아가는 균형의 감각. 불안정한 일상에서 비로소 방향을 선택한 자가 누리는 덤으로 얻은 삶의 자유.

1

출근은 없고
퇴근도 없다

강사의 원고와 아이의 식단표 사이에서
두 세계를 오가는 치열한 이중생활
완벽한 멀티 플레이어가 아니어도 괜찮음을
인정하며 잡아가는 균형의 감각

독일어보다 컸던 떨림

수업 일주일 전부터 집안은 예행연습 무대였다. 독일어로 자기소개하는 연습부터 실제 강의 내용을 입에 익도록 계속 연습했다. 어쩌면 그것은 단순한 연습이라기보다, 떨리는 마음을 다독이는 의식에 가까웠다. 독일에 와서 말하다가 자주 멈췄고, 그 멈춤의 기억은 어느새 패배감처럼 몸에 배어 있었다. 그래서 한국어를 가르치면서도 미리 연습해야만 했다. 오늘의 떨림은 독일어보다 다시 세상에 발을 내딛는 그것에 대한 두려움이 더 컸다.

수업 한 시간 전, 시민대학에 도착했다. 너무 일찍 온 걸까 싶었지만 지각해서 허둥대느니, 차라리 일찍 도착해서 떠는 편이 낫겠다 싶었다. 강의실 문을 열자, 테이블은 ㄷ자 모양

으로 놓여 있었고, 벽에는 칠판과 프로젝터가 있었다. PPT
가 제대로 뜨는지, 화면이 잘 나오는지, 슬라이드가 버벅대
지 않는지 확인했다. 준비가 완벽해질수록 불안은 더 정교해
졌다.

어제까지 바라보던 단상에 서서 학생들을 마주하는 기분
은 묘했다. 그동안의 삶에서는 독일어가 중요했다. 병원에서
도, 관공서에서도, 유치원에서도 독일어는 통과해야 할 높은
관문이었지만, 이 자리에서만큼은 달랐다. 독일어를 배우러
온 게 아니라, 모국어를 가르치러 온 '강사'로서 서 있었기 때
문이다.

학생들은 다양했다. 독일인, 다국적 이민자, 한국인 배우
자를 둔 이들까지. 공통점은 한국이라는 세계에 이미 마음이
열려 있다는 사실이었다. 그 호의적인 시선 앞에 서자 조금
씩 긴장이 풀렸다. 가르치는 자와 배우는 자라는 경계보다,
서로의 세계를 천천히 알아가는 분위기가 형성되었다.

물론 식은땀이 흐르는 순간도 있었다. 수업의 열기가 고조
될수록 입에서는 독일어 문법이 가출한 '아무 말'이 튀어나
온다. 한국어 문법을 가르치러 와서 정작 독일어 문법은 파

괴자가 되어버리는 뒤죽박죽인 상황. 그야말로 개떡같은 독일어였다. 그런데 신기하게도 학생들은 찰떡같이 알아들었다. 단어가 생각이 나지 않을 때는 의성어와 손짓발짓, 그림을 그려 가며 생쇼를 했다. 이 모습을 보고 누군가 명쾌하게 마무리 정리를 해 주면, 유레카를 외치듯 격하게 고개를 끄덕였다. 이게 한국어 수업인지, 학생들의 눈치력 테스트인지 헷갈릴 지경이었지만, 엉망진창인 설명을 심폐 소생해 주는 그들의 센스에 감탄할 따름이었다.

수업이 반복될수록 강사라는 이름에 서서히 익숙해졌고, 긴장은 기분 좋은 일상이 되었다. 하지만 강단 밖의 현실은 여전했다. 수업이 끝나고 동료 강사들과 짧은 대화를 나눌 때면 다시 '말 못 하는 이방인'으로 돌아갔다. 강의실 안에선 전문가지만, 문지방만 넘으면 독일어 쭈구리로 복귀하는 이중생활. 복도에서 누가 말이라도 걸까 봐 황급히 시선을 피하며, 도망치듯 걸음을 재촉하곤 했다.

드디어 이름으로 불리는 직업을 가졌고, 프리랜서 강사라는 명함은 그럴싸했지만, 그 이면에는 우아함과 거리가 먼 땀 냄새 나는 생존기가 흐르고 있었다. 강의가 있는 날에도 아이들의 밥을 챙기고 산더미 같은 빨래를 정리한 뒤에야 강사용 가방을 챙길 수 있었다. 프리랜서라는 자유는 곧 분초를 다투는 전쟁과 같았다. 아이들이 학교에 있는 시간은 숨을 고르는 휴식이 아니라 일분일초가 아까운 마감 임박의 업무 시간이다. 그 좁은 칸마다 강사의 원고와 엄마의 식단표를 번갈아 구겨 넣으며, 오늘도 두 세계 중 어느 한쪽으로도 완전히 넘어가지 못한 채 양쪽을 잡고 균형 잡기를 이어가는 중이다.

집이자 사무실

프리랜서 엄마의 삶은 집이 곧 사무실이 되는 순간 시작된다. 출근길도 퇴근 종도 없는 공간, 집안 곳곳이 일터의 경계가 된다. 식탁 위에는 아이의 숙제와 강의 교재가 같이 올라가고, 냉장고 문에는 방학 일정표와 수업 준비 체크리스트가 나란히 붙어 있다. 가장 난감한 건 일이 많아서가 아니라, 일과 생활의 경계가 없다는 점이다. 아이들이 학교에 가고 나면 집은 잠시 조용해지지만, 그 조용함이 곧 업무 시간이자 집안일 시간이 된다. 빨래를 돌리고 메일을 확인하고 수업 자료를 펼치는 순간 세탁기 알림음이 울린다. 머리는 강의 내용을 생각하는데 몸은 빨래를 널고 있는 이질적인 분열은 피할 수 없는 일상이다.

아이가 집에 돌아오는 오후가 되면, 사무실은 1초 만에 다시 집으로 바뀐다.

"엄마, 이거 봐줘."

그 한마디에 화면을 닫고 강사의 표정을 지우며 엄마의 얼굴로 갈아 끼워야 한다. 역할 전환에 허락된 시간은 지극히 짧고, 그만큼 피로도는 깊게 쌓인다. 두 역할을 해내는 멀티플레이어가 아니라, 어느 쪽도 제대로 해내지 못 하는 사람이 된 듯한 무게감이 어깨를 누르기도 한다.

어느 날 수업이 한창일 때였다. 강의실 한쪽에서 휴대전화가 울렸다. 화면 위에 뜬 이름은 아이 학교였다. 학생들에게 양해를 구하고 전화를 받아야만 하는 순간, 화면 너머의 발신지는 평온한 일상이 깨졌다는 분명한 신호였다.

독일 학교의 원칙은 단호하다. 아이가 조금이라도 열이 나거나 아프면 부모는 아이를 즉시 데려가야 한다. 학교에서의 연락은 곧 '지금 당장 오라'는 명령과 다름없다. 그게 오전이든 오후든, 학교는 부모의 시간표를 고려해 주지 않는다. 하지만 강사라는 직업은 하던 일을 멈추고 갈 수 없다. 수업을 기다리는 학습자들과 학교에서 엄마를 기다리는 아이. 그 사이에서 시간을 뺄 수 없다는 사실이, 그날따라 유난히 잔인하게 느껴졌다.

강사가 되었다는 안도감보다, 이제는 지켜야 할 일터가 생겼기에 느끼는 불안이 더 날카롭게 파고들었다. 아이가 필요로 하는 순간에 곁에 있지 못하는 죄책감과, 어렵게 잡은 일을 놓칠 수 없다는 절실함 사이에서 여전히 흔들리며 갈등하고 있다.

불안정하지만 스스로 선택한 삶

한국어 강사의 일은 주로 저녁에 집중된다. 아이들에게 엄마가 가장 필요한 시간, 즉 하교 후 간식을 먹고 씻고 잠자리에 드는 그 소중한 시간에 가방을 챙겨 집을 나서야 한다. 프리랜서의 리듬은 철저히 수요에 맞춰질 뿐, 가족의 시계와는 자주 어긋나기 마련이다.

초기에는 죄책감이 일상을 지배했다. 일을 하겠다고 이 귀한 시간을 놓쳐도 되는가라는 질문이 꼬리표처럼 따라붙었다. 그래서 더 필사적으로 움직였다. 저녁 식사를 앞당기고, 빛의 속도로 아이들을 씻기고, 숙제를 봐준 뒤 다음 날 준비물까지 체크했다. 주어진 시간 안에 모든 과업을 완수하려는 강박은 일상을 분초 단위로 쪼개 놓았다.

그러다 문득 서늘한 자각이 찾아왔다. 아이들을 사랑의 대상이 아닌, 서둘러 처리하고 출근해야 할 업무처럼 대하고 있다는 사실이었다. 맑은 눈을 맞추기보다 시계 초점을 먼저 보게 되는 순간, 정작 소중한 것을 지키기 위해 시작한 일이 가장 소중한 존재들을 '해치워야 할 일'로 전락시키고 있었다.

결국 삶의 리듬을 재조정하기로 했다. 수업이 있는 날은 평소처럼 완벽한 엄마가 되려 하지 않았다. 대신 아이들에게 미리 예고하고 약속을 정했다. 오늘은 수업이 있는 날이라는 짧은 공표는 아이들에게도 마음의 준비를 할 여유를 주었다. 하굣길에 조금 더 깊은 대화를 나누고, 현관을 나서기 전 충분히 체온을 나누며, 부재의 시간을 '아빠와의 특별한 시간'으로 재정의했다.

죄책감은 완전히 사라지지 않았지만, 더 이상 마음을 괴롭히지 않았다. 무엇보다 아이들에게 보여주고 싶었다. 엄마가 집 밖에서 무언가를 멋지게 해내는 사람이라는 것과 일 때문에 아이를 방치하는 엄마가 아니라, 아이를 사랑하면서도 자기 일을 꿋꿋이 이어가는 사람이라는 것을 말이다.

"엄마 일 잘 하고 와! 파이팅!"

아이가 건네는 짧은 응원은 하루의 흔들림을 잡아주는 가장 강력한 닻이 되어주었다.

저녁으로 향하는 발걸음은 여전히 아슬아슬하지만, 그 균형점 위에서 삶의 리듬이 만들어 지고 있다. 고용 불안과 수입의 변동은 감수해야할 몫이지만, 모든 선택의 주체라는 사실은 삶을 지탱하는 든든한 뼈대가 된다. 어느 날 아이가 말했다.

"엄마, 멋있다."

그 한마디에 많은 고민이 눈 녹듯 사라졌다.

일을_하는_건지_육아를_하는_건지
몸이_열_개여도_모자라는_엄마_인생

2

하루의
초점을 바꾸다

참는 것이 미덕이 아님을 깨닫고
솔직하게 선언한 나만의 최소한의 영토
바꿀 수 없는 시스템을 탓하기보다
바꿀 수 있는 하루 10분에 집중하는 선택

엄마이자 나

엄마가 된다는 건 누군가의 전부가 된다는 뜻이기도 하다. 아이에게 엄마는 우주라고들 말한다. 아이가 태어나는 순간부터 하루의 리듬은 더 이상 마음대로 온전히 쓸 수 없다. 일과 꿈, 취미와 휴식은 자연스럽게 뒤로 밀려난다. 아이가 울면 가장 먼저 달려가야 하고, 아이가 아프면 엄마의 몸 상태는 또 한번 뒤로 밀린다. 하루의 우선순위는 늘 아이에게서 시작된다.

베를린으로 이주하며 경력이 끊기고 언어가 막히자, 이름 대신 그저 '엄마'라는 호칭 속에 갇혀버렸다. 그 소리가 사랑스럽지 않은 건 아니었지만, 텅 비어가는 기분만은 어쩔 수 없었다. 어느 날 문득 엄마라는 역할은 자신을 지워야만 성립

하는 자리가 아니라는 사실이 가슴에 닿았다. 아이들과 있는 시간이 분명 행복하면서도 어떤 날은 "엄마, 엄마"라는 소리가 소음처럼 들리던 날이었다. 사랑하는데 지치고, 지치는데 또 미안함까지 느끼는 이상한 감정이 교차하는 날들이었다.

그날은 정말 아무도 없는 곳에 혼자 있고 싶어서, 주방 구석에 숨어버렸다. 아이들은 금세 찾아냈고, 그 순간 속으로 한 말이 입 밖으로 튀어나왔다.

"엄마… 잠깐 혼자 있고 싶어."

말해놓고도 놀랐다. 이런 말을 해도 되나 싶은 당혹감이 앞섰기 때문이다. 하지만 아이들은 의외로 덤덤하게 되물었다. "엄마 혼자 있고 싶어?" 그러고는 정말로 잠깐의 시간을 내어주었다. 그 짧은 침묵이, 마음을 살렸다. 모든 걸 참아야만 좋은 엄마인 줄 알았는데, 때로는 솔직하게 감정을 표현하는 편이 아이에게도, 엄마에게도 더 안전한 방식일 수 있다는 걸 그날 처음 경험했다.

전업으로 아이 곁을 지키든, 일을 통해 자신을 지키든 정답은 없다. 다만 어느 한쪽을 완벽하게 해내려 할수록 다른 한쪽은 무너지기 쉽다는 사실을 몸으로 배웠다. 그래서 완벽한 엄마도, 완벽한 경력도 내려놓기로 했다. 그럴싸한 수식어가 없어도 좋으니, 고유한 한 사람으로 사라지지 않고 남기로 했다. 아이들 잠들기 전 10분의 시선 회수, 좋아하는 문장 한 줄 적기 같은 작은 틈을 만들고 엄마인 동시에 고유한 개인으로 존재하는 연습을 시작했다.

엄마라는 이름은 더 이상 삶을 덮는 천장이 아니라, 삶을 지탱하는 견고한 버팀목이 되었다.

베를린의 긴 겨울, 봄은 올까

베를린의 겨울은 유독 길고 지독하다. 오후 4시면 거짓말처럼 해가 지고, 도시는 순식간에 무거운 어둠에 잠긴다. 잿빛 하늘은 몇 달이고 걷힐 줄을 모르고, 뼛속을 파고드는 한기는 옷깃을 아무리 여며도 막을 수 없다. 그 겨울은 단순히 춥고 어두운 계절이 아니었다. 멈춰 버린 경력과 낯선 언어에 갇혀 한없이 작아진 뒷모습은 베를린의 겨울 그 자체였다. 이 차가운 어둠 속에 갇혀 영영 재부팅되지 못하는 것은 아닐까 하는 불길한 예감이 일상을 잠식해 갔다.

이방인으로 산다는 건 숱한 침묵을 견디는 일이다. 오해를 풀 에너지조차 고갈되어 마음의 문을 닫아 버린 날들이 이어졌다. 그 고립은 몸의 오작동으로 나타났다. 밤에는 잠들지 못하고 낮에는 아이들 하원 시간까지 시체처럼 침대에 누워 무기력한 대기상태로 시간을 보냈다. 누군가의 눈에는 팔자 좋은 휴식처럼 보였을지 모르지만, 머릿속은 끊임없이 자신을 상처 내는 부정적인 데이터들로 가득 찬 번아웃 상태였다.

남편과 아이들은 별문제 없이 독일 생활의 궤도에 안착한 듯 보였지만, 정작 마땅한 자리를 찾지 못한 채 겉도는 존재는 따로 있었다. 가족이라는 시스템의 평온을 유지하기 위해 엄마라는 역할이 무한정 소모되는 비대칭적인 구조였다. 그 인내가 담보하는 평화는 언제 무너져도 이상하지 않을 위태로운 체제였다. 식구들의 안위가 충전될수록 시스템 설계자의 행복은 어디에도 기재되지 않은 유령 데이터가 되어 밤을 떠돌았다. 그런 밤들이 이어질 때마다, 수명이 실시간으로 단축되는 듯했다. 수명이 깎여 나간 자리에는 우울이라는 불청객이 스며들었다.

우울을 직감했을 때조차 도움을 청하는 일은 순탄치 않았다. 마음의 병을 치료하기 전, 언어 장벽이라는 1차 검문소부터 통과해야 했기 때문이다. 아픈 마음을 챙기기 위해 외국어 사전을 뒤져야 하는 아이러니. 다행히 한국인 심리치료사를 만나 상담실의 문을 두드릴 수 있었다. 지푸라기라도 잡는 심정으로 일종의 시스템 보수 작업을 시작했다.

치료사는 지금의 상태를 '고장'이 아니라 '과부하'라고 진단했다. 지금 느끼는 감정은 누구나 겪을 수 있는 지극히 정상적인 것이라는 확인은 그 어떤 위로보다 명쾌한 해답이 되어주었다. 정신력이 약해서가 아니라, 상황이 너무 버거웠던 것이라는 데이터의 승인을 받는 순간, 막혀 있던 숨통이 트였다.

상담실 문을 나서자, 거짓말처럼 짙은 핑크색 장미꽃 한 송이가 눈에 들어왔다. 상담실을 들어서기 전까지만 해도 마음속 폐쇄 회로에 갇혀 보지 못했던 장미꽃 한 송이였다. 저 꽃이 긴 겨울을 견디고 기어이 피어난 것처럼, 인생의 봄 역시 멀지 않았음을 직감하는 순간이었다.

그래, 봄은 오라고 독촉해서 오는 게 아니다. 묵묵히 제자리를 지키며 버티다 보면, 어느새 우리 곁에 와 있는 것이니까.

바꿀 수 있는 것들에 집중하기

독일이라는 거대한 시스템을 바꿀 수는 없었으나, 하루의 초점을 어디에 둘지는 선택할 수 있었다. 상황을 탓하며 에너지를 소진하기보다 당장 손댈 수 있는 영역부터 분류해 나갔다. 마음을 돌보는 일은 고상한 철학이 아니라, 생존을 위한 가장 시급한 실무였다.

독일 생활이 힘든 이유가 정말 오로지 독일이기 때문인지, 혹시 그동안 낯선 나라라는 말을 방패처럼 앞세워 왔던 것은 아닌지 냉정히 따져봐야 했다. 돌이켜보면 그것은 방패라기보다는 핑계에 가까웠다.

독일은 분명 어렵다. 언어는 여전히 넘지 못한 벽이고, 시스템은 불친절하며 미래는 불투명하다. 그런데도 삶은 흘러

가기에 버티는 행위는 계속된다. 버티는 날이 길어질수록 잘 지내고 있는지조차 불분명해지고, 하루를 겨우 넘기느라 정작 그 시간을 어떻게 살고 있는지 자주 길을 잃기도 한다. 그래서 선택할 수 있는 영역을 아주 작게라도 붙잡기로 했다. 크고 멋진 계획표 대신, 오늘 할 수 있는 만큼의 '작은 규칙'들이 세워졌다. 이 규칙들은 거창한 성공을 위한 것이 아니라, 더 이상 무너지지 않기 위한 최소한의 생존 전략이었다.

첫 번째 규칙은 한 줄의 기록이다. 오늘 할 수 있는 만큼만 한다. 기분이 엉망인 날에 '오늘은 여기까지가 한계였어'라고 한 줄 써주는 행위는 하루가 실패로 끝나지 않게 막아주었다. 끝난 게 아니라 잠깐 멈춘 것이라고 말해 주는 다정한 쉼표였다. 두 번째 규칙은 10분이었다. 시작이 너무 무거운 날일수록 이 '10분'이라는 단위는 마음의 진입 장벽을 낮춰주는 유용한 도구가 되었다. 타이머가 울리면 언제든 책을 덮어도 좋다는 조건이 오히려 다시 움직일 동력을 제공했다. 엉망이 된 하루 끝에서 딱 10분간만이라도 '본연의 자아'라는 계정으로 접속하겠다는 그 하찮고도 끈질긴 시도는 속수무책으로 무너지던 일상을 붙들어 매는 최소한의 안전띠가 되었다. 그

것은 생산성을 위한 효율 법이 아니라, 오직 자신이라는 존재를 셧다운시키지 않기 위한 최소한의 전력 보존이었다.

세 번째 규칙은 자책 없는 복귀다. 완벽한 하루를 계획하기보다 무너진 자리에서 언제든 다시 돌아올 자리가 있다는 사실을 확인하는 연습이다. 연습이 쌓일수록 무너지는 일은 더 이상 두렵지 않게 된다. 지난 시간은 삶을 멈춰 세운 경력 단절의 시간이 아니었다. 오히려 교과서 밖의 거친 세상에서, 언어가 통하지 않는 서러운 상황을 견디고, 아이라는 예측 불가능한 존재와 부대끼며 온몸으로 부딪혀낸 가장 밀도 높은 경력 이동의 현장이었다.

육아는 인내심의 한계를 시험하며 조율하는 법을, 이방인의 삶은 타인의 고립에 공감하는 법을 가르쳤다. 책상 위에서는 절대 배울 수 없었던 그 진한 삶의 내공들은 이제 한국어 강사라는 새로운 이름표 아래 든든한 밑거름이 되고 있다. 여전히 베를린의 겨울은 길고 독일어는 서툴며, 집 밖을 나설 때마다 긴장은 반복된다. 하루의 부족함을 밤마다 자책하며 이불킥을 날리기도 한다. 하지만 이제는 엉망인 하루 끝에도 언제든 복귀할 수 있는 본진이 존재한다는 사실을 안다. 아이를 사랑하는 마음과 자신을 잃고 싶지 않은 욕망 사이에서 피할 수 없는 딜레마를 겪겠지만, 적어도 하루 10분이라는 최소한의 영토를 지켜내며 뚜벅뚜벅 건너간다. 그거면 충분하다.

\# 할로_한마디에_심장_터지는_이방인
\# 내가_바꿀_수_있는_것부터

이제는 어깨를 넘은
머리카락을 묶으며

베를린에서의 시간을 되감아 보면 솔직히 낭만보다는 생존에 가까웠다. 낭만적인 유럽 생활은 고사하고 철저한 이방인이라는 소외감과 경력이 끊겼다는 불안이 시시때때로 마음을 집어삼켰다. 어떤 날은 이곳에 온 선택을 뼈저리게 후회했고, 어떤 날은 작아질 대로 작아진 모습이 가여워 견디기 힘들었다. 그 시절 나를 가장 괴롭혔던 건 '여기서 잘 살수 있을까'라는 의문보다, '이 도시에서 끝내 내 존재를 잃어버리는 건 아닐까' 하는 절박한 공포였다.

하지만 이제는 안다. 타인의 시선이 쏟아지는 평가의 무대인 줄로만 알았던 베를린은, 사실 긴 인생 노선 위를 스쳐 가는 작은 정거장에 불과했다. 영원히 머물러야 할 종착지가 아니기에, 이곳에서 너무 많은 의미를 부여하며 괴로워할 필요도, 더 이상 타인에게 존재의 가치를 설명하려 애쓸 필요도 없었다.

가장 캄캄했던 그 자리에서 조금씩 잃어버린 조각들을 마주했다. 눈물과 콧물을 짜며 바닥을 치던 날들, 머리카락을 밀어버렸던 무모함, 하루 10분을 붙들며 살아보겠다고 주방 타이머를 맞췄던 작은 시도들. 타인의 눈에는 비효율적인 생존 전략처럼 보였을지 모르지만, 그 하찮은 10분을 꾸역꾸역 모아온 하루하루가 결국 멈춰 버린 시간을 다시 흐르게 하는 최소한의 동력이 되었다.

여전히 사소한 일에 흔들리고, 예상치 못한 일에 마음이 덜컥 내려앉는 유리멘탈의 이방인이다. 다만 한 가지 분명한 변화는 있다. 흔들리지 않는 강철 멘탈이 된 것이 아니라, 흔들려도 제자리로 돌아오는 회복의 탄성이 좋아지고 있다는 것. 그거면 충분하다.

오늘도 아이들의 웃음소리 사이를 걸으며, 동시에 한국어 강사로 로그인한다. 엄마라는 역할과 자아 사이에서 어느 한 쪽을 일방적으로 희생시키는 건 그만두기로 했다. 두 역할이 완벽한 화음을 이루지는 못해도 서로 적당히 자리를 내어주며 삶을 지탱하는 두 개의 기둥으로 삼기로 했다. 꾸준히 모아온 10분의 조각들이 언제든 딛고 일어설 단단한 지층이 되어준 덕분이다.

욕실 바닥을 어지럽혔던 머리카락 뭉치들은 어느새 어깨를 넘어 건강하게 자랐다. 한때 머리카락은 타인의 시선을 수신하는 예민한 안테나였고, 베를린 생활의 무게가 커질 때마다 머리카락조차 천근만근 무겁게 느껴졌다. 통째로 밀어버리면 답답함이 사라질 것 같았다.

살기 위해 감행한 삭발이 날 선 투쟁이었다면, 다시 어깨에 닿은 이 머리카락은 삶을 있는 그대로 받아들이는 순응이자 여유다. 윙윙거리는 바리깡 소리와 함께 두피에 새겼던 서늘한 각오는 여전히 마음 깊은 곳에 선명히 박혀 있다. 그때 바리깡으로 시작한 소심한 반란은, 이제 어깨 위 머리카락만큼이나 단단하게 삶의 중심을 잡아주는 근간이 되었다.

연민의 눈으로 그 시간을 바라보지 않는다. 모난 흔적들을 단단한 옹이 삼아, 흔들리는 마음을 질끈 동여매며 오늘도 묵묵히 주어진 하루를 걷는다.

\# 자기_회복_다시_돌아오는_연습
\# 완벽하게_못하지만_다시_시작할_수는_있다

스스로를 지키는
작은 규칙들

베를린에서 보내는 다정한 제안

베를린의 지독한 겨울을 건너게 한 건 거창한 다짐이 아니라, 스스로와 맺은 아주 작은 규칙들이었습니다. 이제 당신의 이야기를 이곳에 채워보세요. 오늘 하루, 자신을 방치하지 않았다는 가장 확실한 신호가 되어줄 것입니다.

한 줄의 기록

: 나에게 찍어주는 다정한 쉼표

세상의 잣대로 삶의 공백을 평가하게 두지 마세요. 의미 없는 시간은 없습니다. 지금의 멈춤은 훗날 가장 날카로운 무기가 되어 돌아올 것입니다.

방법   기분이 엉망인 날에도, 아무것도 이룬 게 없는 것 같은 날에도 딱 한 줄만 기록해 보세요.

나를 위한 쉼표

예)   오늘도 무사히 하루를 넘긴 나에게 박수를.
괜찮아, 이 정도면 충분해.

생존 10분

:마음의 겁을 없애는 최소한의 단위

자책하는 대신 딱 10분만 자신을 위해 쓰세요. 무언가를 이루기 위해서가 아니라, 단지 '포기하지 않았음'을 확인하기 위한 시간입니다. 다시 움직이게 할 최소한의 단위면 충분합니다.

방법 시작이 너무 무겁고 두려운 날에는 딱 10분만 타이머를 맞춰보세요. 결과에 상관없이 그냥 '하는 것'에만 집중합니다.

생존 10분 기록

예) 커피 한잔 대접하기, 좋아하는 문장 필사하기, 목적 없이 걷기, 하고 싶은 일 적어보기 등

자책 없는 복귀

: 언제든 다시 돌아오는 유연한 유턴

부족한 게 아니라, 아직 타이밍이 아닐 뿐입니다. 유능함을 의심하며 바보라 꾸짖지 마세요. 삶을 더 단단하게 만들기 위해 잠시 서행하는 중일 뿐입니다. 조금 서툴러도 유턴할 공간은 언제나 열려 있습니다.

방법 규칙을 지키지 못한 날, 스스로를 다그치는 대신 "그럴 수도 있지"라고 말하며 다시 시작하세요.

유연한 유턴 한마디

예) 괜찮아, 다시 시작하면 돼!

오늘 당신이 맞춘 10분 타이머는 훗날 삶을 지탱할 단단한 옹이가 될 거예요. 이제 당신의 보폭으로, 기분 좋게 시작해 볼까요? 파이팅!

한 줄의 기록

: 오늘 나에게 해 주고 싶은 말은?

#오늘의_셀프_칭찬

생존 10분

: 오늘 내가 지킨 10분은?

#생존_신고_10분

지책 없는 복귀

: 오늘 나에게 건네는 유연한 한마디는?

#다시_시작